Paul Katsitis

AF282380

Blutiges Mykonos

MIX
Papier aus verantwortungsvollen Quellen
Paper from responsible sources
FSC® C105338

FSC
www.fsc.org

Paul Katsitis

Blutiges Mykonos

Die Handlung ist frei erfunden. Jede Ähnlichkeit mit Personen ist rein zufällig.

Impressum
Titel: shutterstock-Foto ID: 1168886302
Innenteil istockphoto
Copyright Paul Katsitis 2024: **Der Inhalt als auch Buch- und Reihentitel sowie der Autorenname sind urheberrechtlich geschützt oder unterliegen dem Titelschutz. Jedwede Verwendung ist strafbar.**

ISBN: 978-3-7597-8495-7

Verlag: BoD • Books on Demand GmbH, In de Tarpen 42, 22848 Norderstedt
Druck: Libri Plureos GmbH, Friedensallee 273, 22763 Hamburg

Angelos Nikakis, 33, ist nicht nur der Kommissar (Dienstgrad: Kriminaldirektor)auf Mykonos, sondern auch Bürgermeister der Insel.

1

Christos Tanos war religiös.
Nur an diesem Ort kamen ihm Zweifel.
Hier, direkt neben dem Leuchtturm von Armenistis.

Die Ägäis und ihre Schönheit. Ihre unterschiedlichen Farben, für manche gab es bestimmt noch keine Namen.

Auf der ganzen Welt gab es nichts Vergleichbares. Warum sollte Gott etwas so schönes nur einmal erschaffen haben? Vielleicht war das, was Christos Tanos sah, doch das Werk griechischer Götter.

Nur so war die erhabene Schönheit der Ägäis zu erklären.

Plötzlich spürte er einen Stich und einen dumpfen Schmerz – und wurde gestoßen.

Er konnte fliegen. Zunächst der untergehenden, lila schimmernden Sonne entgegen. Dann siegte die Schwerkraft, doch seinen Sturz erlebte er wie in Zeitlupe.

Ein Teil seines Gehirns erfasste die Situation. Ihm erschienen Bilder aus seiner Kindheit.

Kein gutes Zeichen.

Erst in den letzten Sekunden befasste er sich damit, wem er die Flugeinlage zu verdanken habe.

Aber warum?

Gerade als ihm der Umfang des Verrats klar wurde, zerschellte er auf dem spitzen Felsen im Meer.

Es war der einzige Felsen mit scharfer Kante. Alle anderen waren über Jahrtausende von den Kräften des Meeres abgeschliffen worden. Vielleicht ein letzter Scherz der Götter. Sie waren ja für ihren schrägen Humor bekannt.

2

Angelos Nikakis war ein schöner Mann. Pechschwarzes Haar, dunkle Augen, ebenmäßiges Gesicht und einem makellosen Körper, einschließlich Eight-Pack und knackigem Hintern.

Sein Aussehen war für seinen Beruf von großem Nutzen. Zeugen plauderten beim Gespräch mit einem gutaussehenden Kommissar munter drauf los. Und Täter dachten, dass das Sprichwort, wonach schöne Männer dumm seien, auch auf Angelos Nikakis zuträfe. Bis sie merkten, dass Nikakis schön *und* intelligent war, zappelten sie bereits im Netz – oder waren tot.

Doch an jenem Montagmorgen war die Attraktivität des Kommissars erst auf den zweiten Blick sichtbar. Zerknautscht und sichtlich gereizt, wankte er in die Küche.

„Sprss", stammelte er.

Daniel Nikakis, sein Ehemann, lachte laut. „Mein Übersetzungsprogramm sagt mir, du meinst E-S-P-R-E-S-S-O. Steht doch schon auf dem Tisch!"

Mit jedem Schluck glättete sich des Kommissars Gesicht und die Schwellungen um die Augen verschwanden.

„Es ist gerade Mal zehn Uhr. Eindeutig zu früh für dich", sagte Daniel. Er selbst kam mit fünf Stunden Schlaf aus und war trotzdem immer fröhlich und energiegeladen. Der Altersunterschied konnte es nicht sein. Daniel war mit 31 nur zwei Jahre jünger. Vielleicht lag die Erklärung in Daniels Herkunft, denn er war Israeli. Ein Land, das, wie er selbst immer sagt, auf zwei Säulen ruht: Lärm und Stress.

„Außerdem wissen wir beide, warum du so schlecht gelaunt bist. Der letzte Mord ist nun fast drei Monate her. Und dein Zweitjob nervt dich", sagte Daniel.

Kommissar Nikakis´ zweiter Job: er war auch Bürgermeister der Insel. Und immer dann, wenn der Obduktionsraum leer war, musste er die liegengebliebenen Akten durcharbeiten.

„Im Übrigen sind es nur vier Stunden, wobei du nach einer Stunde dein Büro ins ‚Da Vinci‘ verlegst."

Das Café lag nur 50 Meter vom Rathaus entfernt.

„Ich möchte doch nur eine simple Leiche. Eine Axt im Schädel. Irgendetwas Einfaches", sagte Angelos.

„Ich bezweifle, dass deine Leiche eine Axt im Kopf als einfach bezeichnen würde", sagte Daniel und kicherte.

Es war genau 10 Uhr 04, als auf dem Handy von Kommissar Nikakis das Wort „POLIZEI" blinkte.

„Wenigstens nach dem ersten Espresso", knurrte Angelos. „Was gibt´s, Maria?"

Maria, Anfang 30, leitete die „Astimonia", sprich: die normale Polizei.

„Jassu, Schöner. Bereit für eine Leiche?"

„Immer", frohlockte Kommissar Nikakis ein bisschen zu früh.

„Ein Selbstmörder. Beim Leuchtturm von den Klippen gesprungen. Ein Tourist hat die Leiche entdeckt."

„Nicht zuständig", knurrte Angelos Nikakis. „Ich bin die Kripo, schon vergessen?"

„Wie könnte ich? Aber bei allen Leichen entscheidet der Leiter der Kripo was zu geschehen hat. Und zwar, ich zitiere …"

„ … nach Inaugenscheinnahme", kam Angelos Maria zuvor. „Ich kenne die Vorschriften. Liegt der Trottel wenigstens halbwegs zugänglich?"

„Woher weißt du, dass es ein Mann ist?"

„Frauen springen eher selten", knurrte Angelos.

„Aha. Nun … es sieht so aus, als wäre er auf einem Felsen aufgespießt."

„Du glaubst? Geht´s etwas genauer?"

„Nein. Ich stehe an der Kante bei Windstärke acht. Ein Wunder, dass das Fernglas nicht davonfliegt", sagte Maria.

Angelos Nikakis fluchte und wischte das Gespräch weg.

„Keine Leiche nach deinem Geschmack?", fragte Daniel grinsend.

„Noch ein Wort und du bist der Nächste, der von der Klippe fliegt. Oder der Freiwillige, der sich zu der Leiche abseilt. Schließlich warst du Soldat!"

„Für meinen Sonnenschein mach ich doch fast alles", sagte Daniel mit dem üblichen spöttischen Unterton.

3

Der Wind, Meltemi genannt. Mykonos´ Heimsuchung seit Jahrtausenden.

Er war es, der geduldig und beharrlich den fruchtbaren Boden hinweggeweht hat und die Bewohner der Insel noch in den 1940ern hungern ließ.

Und er schüttelte den SUV von Kommissar Nikakis durch wie der Schleudergang einer Waschmaschine.

„Können wir nicht bis an die Kante fahren und durchs Fenster schauen?", fragte Angelos Nikakis.

„Mit einem Smart vielleicht. Mit dem schweren Ding lieber nicht", sagte Daniel und versuchte, die Tür zu öffnen.

Maria stand wenige Meter von der Kante entfernt. Sie hatte Mühe, den Böen standzuhalten.

Kommissar Nikakis nahm ihr wortlos das Fernglas aus der Hand, ging auf die Kante zu und legte sich auf den Bauch. Den letzten Meter robbte er.

Die Leiche schien tatsächlich aufgespießt auf einem Felsen festzuhängen, denn die Spitze ragte aus dem Rücken heraus.

Angelos Nikakis fluchte und robbte zurück.

„Du kannst auf die Station zurück", sagte Angelos zu Maria.

„Was?", fragte Maria ungläubig.

„Der Mann ist nicht gesprungen. Der Mörder hat ihm ein Messer in den Rücken gerammt und ihn dann gestoßen. Ruf bitte die Feuerwehr an und sag denen, wir brauchen das Kletterteam", sagte Kommissar Nikakis.

4

Als die Freiwillige Feuerwehr eintraf, blieb das Kletterteam im Wagen sitzen. Da wusste Kommissar Nikakis bereits Bescheid.

Kommandant Nikos kam auf Angelos zu.

„Jassu, Schöner. Hör mal. Es ist viel zu windig, um da runterzugehen."

„Ah. Bei einem Einsatz der Feuerwehr muss also immer gutes Wetter sein. Der Lehrgang hat 8.000 Euro gekostet. Lass mich raten: mein Mann soll da runter", raunzte Angelos.

„Nein. Vielleicht löst sich die Leiche ja, schwimmt bis Naxos und dann soll sich der Kommissar dort drum kümmern!"

„Ja, genau. Wenn es brennt, warten wir einfach, bis alles runtergebrannt ist und die Feuerwehr von Syros kommt. Fahrt nach Hause. Daniel geht runter!"

„Nun sei doch nicht gleich …"

Aber Kommissar Nikakis war bereits wütend zurück zur Klippe gelaufen.

Daniel schmunzelte.

„Sie trauen sich nicht, oder?"

„War mir klar. Traust du dir das zu? Wenn du nein sagst, dann lassen wir es für heute", sagte Angelos.

„Passt schon. Ich hab mich im Golan von höheren Positionen abgeseilt."

„Aber nicht bei Windstärke acht", gab Angelos Nikakis zu bedenken.

„Dafür unter Beschuss. Die sollen mir das Geschirr bringen!"

Alles andere hätte Angelos auch überrascht. Bei allem, was Action betraf, schrie sein Ehemann grundsätzlich „hier"!.

Zehn Minuten später stand Daniel an der Kante.

„Geh kein Risiko ein", sagte Angelos, aber Daniel war bereits unterwegs.

Nach kaum zwei Sekunden erfasste die erste Windbö Daniel und riss ihn weg von der Wand. Kurz darauf knallte er zurück gegen die Wand. Ich kann nicht hinschauen, dachte Angelos und ging ein paar Meter zurück. Über das Headset verfolgte er das weitere Geschehen. Als Daniel durchgab, dass er den Felsen erreicht hatte, war Angelos beruhigt.

Zu früh.

Eine Kombination aus Wind und Welle hatte Daniel ins Wasser geworfen.

Über das Headset hörte man Gurgeln und

einige Wortfetzen.

„Alles ok?", fragte Angelos.

„N-nein. Das hörst du doch!"

Angelos beschloss, nichts mehr zu sagen. Nach weiterem Gegurgel und Stöhnen kam dann die erlösende Meldung.

„Bin an der Leiche. Befestige den Gurt. Jetzt hochziehen!"

Oben zogen die Feuerwehrmänner am Seil, doch nichts rührte sich.

„Leiche klemmt. Stärker!!"

Die Männer stöhnten, zogen und plötzlich fielen sie hin.

„Leiche frei. Allerdings sind Teile abgebrochen", gab Daniel durch.

„Was heißt bitte *Teile abgebrochen*?", fragte Angelos.

„Äh. Das Loch ist etwas größer", antwortete Daniel.

Kurz darauf war das Duo Daniel/Leiche oben.

„Alles gut?", fragte Angelos besorgt.

„Klar. War cool!"

Als Daniel die Gurte entfernte, drehte Angelos die Leiche um.

„Malakka! Das ist Christos Tanos!"

„Was ist so speziell an Tanos?", fragte Daniel, als sie wieder ins Auto stiegen.

„Reich, arrogant, durchtrieben. Seine Frau ist vor ein paar Jahren über Nacht abgehauen und hat ihn mit ihren zwei Söhnen sitzen gelassen. Und sein Bruder ist vor zwei Jahren einfach verschwunden ..."

„Freiwillig oder unfreiwillig?"

„Verschwunden könnte beides bedeuten, Herr Superkommissarsanwärter. Dass er es freiwillig getan hat, ist dennoch unwahrscheinlich. Sein Geld ist immer noch da. Kein laufendes Straf- oder Steuerverfahren."

„Ein Reicher ohne Steuerschuld? Schwer vorstellbar in Griechenland", sagte Daniel und grinste.

„Und das Ganze ist in Athen passiert. Noch Fragen?", meinte Angelos.

„Und warum hat der Herr Polizeipräsident Siopsis nicht dich geholt? Macht er doch immer dann, wenn es knifflig ist oder er seiner eigenen Truppe nicht traut."

„Ich war gerade unpässlich."

Daniel lachte. Dieses unverwechselbare Lachen, das Kommissar Nikakis so liebte.

„Lass mich raten. Krankenhaus wegen einer Schusswunde!"

Nun war es Angelos, der lachte.

„Kleines Gerangel mit einem Mörder."

„Hat er es überlebt?"

„Nein", meinte Kommissar Nikakis knapp.

Genau dafür war er bekannt und gefürchtet. Von 28 Mördern, die er bisher überführt hatte, landeten nur sechs vor Gericht. Elf starben bei der Festnahme. Elf weitere wahlweise vor oder nach Vollstreckung des Haftbefehls durch Selbstmord.

„Wo fährst du denn hin? Nach Hause geht´s links!", sagte Daniel.

„In die Klinik. Leichenbeschau. Was sonst?" Wieder lachte Daniel.

„Schwachsinn. Wir haben genug beschaut. Zwei Messerstiche in die Nieren. Abgesehen von dem Loch durch den Felsen."

„Eher ein Krater, nachdem du daran gerüttelt hast!"

„Sonst hätte ich ihn nicht runterbekommen. Und das weißt du ganz genau. Du möchtest nur André ärgern!"

Nichts antwortend hielt Angelos Nikakis vor der Hygeia-Klinik am Kreisverkehr.

Chefarzt André Silva, gebürtiger Portugiese, wartete bereits vor dem Eingang. Die Sanitäter zogen gerade die Bahre aus dem Sanka.

„Wehe, du verrätst mich", flüsterte Angelos Daniel ins Ohr.

„Schon wieder eine Leiche? Gibt es einen Täter oder hat die Kripo wieder zugeschlagen?", fragte André.

„Ein harmloser Selbstmörder", sagte Angelos und zog das Laken weg.

Praktisch gleichzeitig begann der Chefarzt zu würgen und lief grün an.

„Du elendes Arschloch", knurrte André. Der Chefarzt hatte - selten bei einem Mediziner - eine Aversion gegen Leichen. 'Ich sorge mich um die Lebenden. Tote brauchen mich nicht', war des Doktors Standardantwort.

„Was zum Teufel ist mit dem passiert? Hat

jemand mit einem Mörser auf ihn geschossen?",
fragte er angesichts des Kraters in der Mitte der
Leiche.

„Ein spitzer Felsen war im Weg", sagte Angelos
Nikakis vergnügt.

„Nun, ihr wisst, wo ihr obduzieren könnt", knurrte
der Chefarzt und verschwand in der Klinik.

„Ob er es wohl je lernt?", fragte Angelos mit
einem Grinsen und schob die Bahre zum
Aufzug.

„Und was willst du jetzt hier? Außer den Chefarzt ärgern?", fragte Daniel.

„Blutprobe. Ich will wissen, ob er vorher Loraze-
pam oder Ähnliches verabreicht bekommen
hat. Niemand stellt sich freiwillig an die Kante
und springen tut auch keiner, selbst wenn er mit
einem Messer bedroht wird. Und dann würde
ich gerne mehr über das Messer wissen."

„Ich nehme an, ich soll das übernehmen",
sagte Daniel.

„Ich sicher nicht. Du bist der Gestörte."

Was irgendwie zutraf. Denn Daniel Nikakis, der
quasi Hilfskommissar war, hatte schon bei seiner
ersten Obduktion mehr als nur Interesse gezeigt.
Der Pathologe aus Athen, der damals die
Leichenbeschau durchgeführt und geglaubt
hatte, er könne Daniel zum Erbrechen bringen,
hatte sich verschätzt. Selbst das Auffräßen des
Schädels faszinierte Daniel so sehr, dass er
seitdem auf Mykonos als Pathologe fungierte.
Was sollte ein Kommissar auf einer griechischen
Insel sonst tun? Die nächste Pathologie war in

Athen. Fünf Stunden mit der Fähre - und dann war die Leiche quasi gekocht, denn die Kühlräume waren den Lebensmitteln vorbehalten. Wer will schon Pommes mit Leichengeschmack?

Daniel schaute sich die Stichverletzungen im Rücken an.

„Zielgenau in beide Nieren. Da wusste jemand, was er tut. Klingenbreite 4 cm, geriffelt."

„Ein Brotmesser", sagte Angelos Nikakis.

Daniel nickte.

„Dann schick das Blut ins Labor. Danach fahren wir ins *Myconian Paradise*", sagte der Kommissar.

„Wo bitte ist das?"

„Nach drei Jahren auf Mykonos sollte das ein Kommissarsan ..."

„Klappe. Wo?"

„Kalafati. Quasi um die Ecke von uns", sagte Angelos.

Der Bungalow der Herren Nikakis stand in Kalo Livadi, nur eine Bucht weiter.

„Körpertemperatur?", fragte Angelos.

„30,4", sagte Daniel und gab den Wert in das Notebook ein, das neben dem Obduktionstisch auf einem Sideboard stand. „Todeszeitpunkt gestern zwischen 19 und 21 Uhr. Der Sonnenuntergang dürfte das Letzte gewesen sein, was er gesehen hat."

„Er lag lange im kühlen Wasser - oder hing fest. Das trifft es wohl besser. Der Körper ist schneller ausgekühlt als üblich. Einigen wir uns auf 21 Uhr.

Und das bedeutet, dass uns keine brauchbaren Kameraaufnahmen vorliegen. An der Zufahrt oberhalb des Hafens steht eine Kamera, aber um 21 Uhr ..."

„ ... war es schon zu dunkel. Außerdem ist es eine der älteren Geräte. Auf den Bildern sind nicht mal die Kennzeichen lesbar. Und die Dinger wackeln durch den Wind", ergänzte Daniel.

„Keine Bilder. Keine Zeugen. Und eine reiche Leiche mit Loch", knurrte Angelos. „Super!"

5

Oh. Du hast die Straße neu teeren lassen?", fragte Daniel überrascht, als sie die Kurven nach Kalafati hinunterfuhren.

„Ich glaube, ich habe einen Teil der Umweltsteuer nicht an Athen abgeführt", meinte Kommissar Nikakis.

Daniel lachte.

„Du landest irgendwann im Gefängnis", sagte Daniel.

„Wer sollte mich verhaften? Ich mich selbst?"

„Gibt´s keine Prüfung?"

„Doch. Leider sind damals eine Woche vorher

19

alle Server ausgefallen. Eher verkokelt. Dann hat sich der Prüfer ein paar Salmonellen eingefangen. Kann schon vorkommen. Hackfleisch und die Sonne. Jedenfalls kam er seitdem nicht mehr."

„Und selbst wenn: dann hättest du den Premierminister angerufen", ergänzte Daniel. „Ich liebe Griechenland!"

„Wir sind halt befreundet. Was übrigens bei deiner Einbürgerung sehr hilfreich war, wenn ich daran erinnern darf", sagte Kommissar Nikakis und hielt vor dem *Paradise* - die terrassenförmige Hotelanlage am Ende der Bucht von Kalafati.

„Super. Zwei Kids die Nachricht überbringen, dass ihr Vater tot ist", nörgelte Daniel.

„Der eine ist 17, der andere 13. Und beide sind jetzt reich. Das hilft bei der Trauer enorm", sagte Angelos.

„Da spricht der Menschenfreund", meinte Daniel.

„Da spricht der Kommissar", gab Angelos zurück, als sie die Lobby betraten. Es war Anfang Mai. Entsprechend leer war das Hotel. Die Saison würde erst in zwei Wochen richtig losgehen - und dann bis Mitte Oktober die ganze Insel an den Rande des Wahnsinns bringen.

Der ältere Mann an der Rezeption war wohl neu auf Mykonos, denn er fragte Angelos und Daniel, ob sie einchecken wollen.

„Äh, nein. Ich bin Kommissar Nikakis von der

örtlichen Kripo. Es geht eher um den Check-out Ihres Chefs. Den finalen Check-out. Ich nehme an, die zwei Söhne sind im Penthouse oben?"
Der Mann nickte.
„Und die Assistentin des Chefs ist in ihrem Büro dort drüben."
Der Mann deutete auf eine Glastür gegenüber.
„Die machen wir auch gleich mit", sagte Angelos und öffnete die Tür ohne Anklopfen. Und war dann zugegebenermaßen überrascht. Denn hinter dem Schreibtisch saß eine junge Frau, die aussah wie ein Model. Das typische Mykonos-Model. Angelos tippte auf Ukrainerin.
„Kali mera. Ich bin Kommissar Nikakis!"
Die Augen der jungen Frau weiteten sich. Angst.
„Dürfte ich bitte Ihren Pass sehen?"
Die Frau fuhr sich lasziv mit der Hand durch das lange Haar. Sie hatte sich schnell gefangen, merkte aber an Daniels amüsiertem Blick, dass ihre Anstrengungen umsonst sein würden. Der Herr Kommissar war immun gegenüber weiblichen Reizen.
„Oben. Muss ich schauen", radebrach sie in schlechtem Griechisch.
„Die Assistentin wohnt im Penthouse des Chefs?", fragte Angelos.
„Bin Mädchen für alles. Können wir auf Englisch weitermachen?"
„Of course. The two boys are upstairs?", fragte Angelos.
Die Frau nickte.

Angelos und Daniel verließen das Büro und gingen zum Aufzug.

„Drücken Sie die Sechs drei Mal, sonst hält er im fünften", rief Ihnen der Rezeptionist hinterher.

„Von wegen Assistentin", knurrte Daniel.

„Außerdem ist sie ..."

„Russin. Sonst wäre ihr nicht der Schreck in alle Glieder gefahren. *Außerdem* haben wir anderes zu tun, als Partygirls hinterher zu jagen. Ich bin froh, dass die ganzen Oligarchen samt ihren Schlägern Geschichte sind", sagte Angelos. Tatsächlich hatte die Gewalt auf Mykonos nachgelassen, seit es ein Einreiseverbot für russische Staatsbürger gab.

Der in den Fels geschlagene Aufzug hielt im 6. Stock, dem Privatbereich der Familie Tanos. Ein riesiges Panoramafenster sorgte für störungsfreien Blick auf das südlich gelegene Naxos.

„Kali mera, Herr Bürgermeister", sagte der junge Mann, der offensichtlich auf seine Gäste gewartet hatte. Er sah reifer aus als 17 - und hatte blondes Haar. Echtes blondes Surferhaar, ungewöhnlich für einen Griechen. Dazu blaue Augen. Aus dir wird mal was, dachte Kommissar Angelos Nikakis.

„Stefanos, nehme ich an?", fragte Angelos und streckte seine Hand in Richtung des jungen Mannes aus.

„Richtig", sagte Stefanos und lächelte breit. Daniel übersah er.

„Und um Ihnen Ihre Arbeit zu erleichtern: ich weiß es schon."

„Die Feuerwehr ist schneller als TV, Radio und das Internet zusammen", erwiderte Angelos.

Stefanos lachte und bat die beiden herein.

„Setzen wir uns doch an den Tisch am Fenster! Nun: wenn Sie einen heulenden Sohn erwartet haben, muss ich Sie enttäuschen. Es klingt hart, aber: es berührt weder mich, noch meinen Bruder. Die übliche Geschichte bei reichen Familien: sie funktionieren nicht!"

„Das ist bei armen Leuten auch nicht besser", meinte Angelos lapidar.

„Dennoch haben Sie geheiratet", gab Stefanos zurück.

Was dich einen Dreck angeht, hätte Daniel beinahe gesagt.

„Es funktioniert dann, wenn man den angeborenen Jagdinstinkt im Griff hat", sagte Angelos.

Stefanos lachte.

„Bei Ihnen würden die Opfer freiwillig über den Zaun in die Koppel springen."

„Die Koppel habe ich abgeschafft. Zurück zum Thema: Sie wissen auch schon, dass Ihr Vater ermordet wurde?"

Stefanos nickte.

„Aber ersparen Sie mir die Frage, ob er Feinde hatte. Ich bräuchte eine Woche und ein Päckchen Druckerpapier, um die ganzen Leute aufzulisten, die meinen Vater hassten. Die Konkurrenten. Grundstücksbesitzer, die er bedroht und vertrieben hat. Angestellte, die er aus nichtigen Gründen entlassen hatte. Sie sind der Bürgermeister. Auch Sie hatten Händel mit ihm."

Was zutraf. Der Grund war ein wabernder Betonstelzen-Komplex in Kalo Livadi. Keine 500 Meter vom Haus des Kommissars entfernt, am gegenüber liegenden Hügel. Grund und Boden gehörten der Regierung in Athen, die ihn an Tanos verkauft hatte. Ursprünglich hatte die Gemeinde ein Bauverbot erlassen. Doch Athen hatte 2014 per Gesetz alle Strände samt angrenzendem Gebiet verstaatlicht - und verscherbelt.

Rückblende.

In einem denkwürdigen Telefonat mit Premierminister Migiakis hatte Angelos Nikakis jenen einen dreisten Raubritter genannt. „Im Vergleich zu dir sind die Osmanen eine ehrenwerte Gesellschaft gewesen", hatte Nikakis gewütet. „Das mussten wir tun. Die Deutschen und Brüssel wollten ..."

„Diesen Mist kannst du den Medien erzählen und denen die dämliche Patriotensuppe hinstellen. Ich weiß, dass letztlich Athen dahintersteckt!"

Migiakis hatte beschlossen, seinen Freund Angelos Nikakis wüten zu lassen, um ihm dann ein Zuckerstück zuzuwerfen.

„Halbe Fläche in Kalo Livadi? Und ich vergesse die hinterhältige Attacke auf unseren Kommunalprüfer samt der umgeleiteten Mittel aus ..."

„Deal", lautete die Antwort von Bürgermeister und Kommissar Angelos Nikakis.

Es bereitete Angelos diebische Freude, dem

perplexen Christos Tanos mitzuteilen, dass sein Resort ein Resortchen werden würde. Tanos hatte im Rathaus getobt und gedroht.

„Ich werde mich an den Premierminister wenden!"

„Das habe ich gestern schon getan und er hat mir heute die Entscheidung schriftlich bestätigt. Ende der Diskussion und da ist die Türe!"

Gegenwart.

„Er lief tagelang mit hochrotem Kopf herum und konnte sich nicht beruhigen. Es war köstlich. Natürlich kamen die üblichen Sprüche. *Blöde Schwuchtel* und so weiter. Natürlich kam mein Vater nicht auf die Idee, dass einer seiner Söhne selbst einer dieser blöden Schwuchteln ist. Dazu hätte er mich kennen und sich für mich interessieren müssen. Hat er aber nicht. Nun ist es zu spät."

„Gibt es jemanden, über den er sich in den letzten Wochen besonders echauffiert hat?", fragte Angelos.

„Ja. Vafiadis. Markos Vafiadis. Aber das ist keine wirkliche Überraschung", sagte Stefanos Tanos.

Nicht wirklich, dachte Kommissar Nikakis. Die zwei Hotel- und Resorthaie. Man hätte den kalorienreichen Kuchen Mykonos auch friedlich teilen können, aber das konnten Tanos und Vafiadis nicht. Ständig überbot der eine den anderen. Ständig verklagten sie einander.

„Dieses Mal war es etwas anderes als eine

übliche Grundstückssache. Aber Vater rückte nicht damit raus. Und so oft haben wir uns nicht gesehen. Ich und mein Bruder wohnen hier, Vater und seine Schlam ..., äh, seine Assistentin, gegenüber. Früher lebte unsere Mutter noch bei uns hier. Quasi getrennte Haushalte im selben Haus. Bis sie über Nacht verschwand."

„Irgendwie verschwinden ziemlich viele Tanos", sagte Angelos.

„Ihre Mutter, Ihr Onkel. Gut, verschwunden ist Ihr Vater nicht. Der liegt ziemlich real auf einem Obduktionstisch..."

Stefanos kicherte.

„Man hat mich schon vor Ihrem schrägen Humor gewarnt. Ich finde ihn ziemlich erfrischend."

Du findest nicht nur den Humor erfrischend, dachte Daniel. Stefanos würdigte ihn keines Blickes. Er war voll und ganz damit beschäftigt, Angelos anzustarren - oder mit Blicken anzumachen.

Auch Kommissar Nikakis hatte es bemerkt. Die verstohlenen Blicke auf den Körper. Er stand auf, ging zum Fenster und drehte sich um. Stefanos musterte ihn von oben bis unten. An der entscheidenden Stelle blieb der Blick immer hängen.

Daniel kochte innerlich.

„Wann werden Sie 18?", fragte der Kommissar.

„Im November!"

„Sie wissen, dass bei nicht vorhandener Verwandtschaft das Gericht in der Regel einen Vormund einsetzt. Aber ich werde mit Richter

Mantzaris reden. Sie sind schon selbständig genug, um ... Gehen Sie noch zur Schule?"
„Abitur jetzt im Juni. Mein Bruder Markos ist gerade in der siebten", sagte Stefanos. „Er ist in seinem Zimmer und sitzt wie immer vor seinem Computer. Markos ist anders als ich. Scheu. Er hat das Verschwinden meiner Mutter nie verwunden. Wobei Abhauen das richtigere Wort wäre. Sie lebt sicher noch. Irgendwo. Sie hatte die ständigen Flittchen satt und ist gegangen. Ohne ein Wort. Aber mit ein biss-chen Geld aus dem Hoteltresor! Wollen wir jetzt zu Markos?"
Stefanos´ Bruder war tatsächlich anders. Eher klein für sein Alter, dunkles Haar - und wie in Trance. Markos starrte auf den Bildschirm und antwortete einsilbig auf die harmlosen Fragen des Kommissars.
„Ist er Autist?", fragte Angelos, als er und Stefanos wieder zurück ins Wohnzimmer gingen. Daniel stand sichtlich genervt am Fenster.
„Nein. Er ist schon immer so. Er hing sehr an unserer Mutter. Nun hat der Computer sie ersetzt. Aber er ist gut in der Schule, da passe ich schon auf. Musste ich ja. Vater hat´s nicht interessiert."
„Gut, Stefanos. Das wäre es für heute. Ich melde mich nach dem Gespräch mit Richter Mantzaris. Geht ja auch um die Freigabe der Konten. Sie werden wohl der Erbe sein, außer Ihr Vater hatte andere Pläne!"
„Was mich nicht wundern würde. Aber mir ist es

egal. Ich will mein eigenes Leben führen. Yolo",
antwortete Stefanos und reichte Angelos die
Hand.

„Dann bis bald. Freu mich schon!"

Daniels Ausbruch ereignete sich zehn Sekunden
später im Aufzug.

„Was bildet sich dieser blondierte Bengel ein??
Baggert dich offensichtlich an - während ich
danebensitze!"

Daniel schnaubte wie eine Dampflok.

„Eifersüchtig auf einen Siebzehnjährigen? Ent-
spann´ dich", sagte Angelos und schmunzelte.

„Dir hat es natürlich gefallen", knurrte Daniel.

„Was hätte ich denn tun sollen? Ihm sagen,
dass er aufhören soll, mir auf den Schritt zu
starren?"

Kommissar Angelos Nikakis bekam keine
Antwort. Schweigend fuhren sie die zwei
Kilometer nach Hause. Erst nach dem Aus-
steigen hatte sich Daniel wieder im Griff.

„Im Übrigen ist der Bengel einer der Verdächtigen. Cui bono - oder gilt das hier nicht?"

„Im Moment ist er gar nichts. In dem Milieu klärt
man einen Mordfall nicht in den üblichen und
wichtigen ersten 48 Stunden. Aber natürlich
checken wir die Kameras in Kalafati, ob
Stefanos zuhause war, wie er gesagt hat. Der
Mann an der Rezeption hat es jedoch schon
bestätigt", sagte Angelos beim Öffnen der
Haustüre.

„Wieso hat der Bengel überhaupt einen
Führerschein?", fragte Daniel gereizt.

„Weil man bei uns schon ab 17 fahren darf. Deswegen. Und jetzt fahr mal runter. Es gibt einen Mord aufzuklären."

6

Zwei Stunden später saßen die beiden auf ihrer Terrasse und schauten auf die Bucht von Kalo Livadi. Sie war leer. In zwei Monaten würden über 20 Yachten vor Anker liegen und in einem erbitterten Streit liegen, wer die Musik am Lautesten aufdrehen könnte. Kalo Livadi galt als bevorzugter Strand der Scheichs. Deren Hubschrauber konnten oberhalb des Hauses von Angelos und Daniel auf einem Heliport landen. Die Herren spazieren dann hinunter zum Beachclub *Solymar* und speisen dort für 20.000 Euro. Teuerstes Rindfleisch mit Blattgold dekoriert. Vollkommen irre, hatte Daniel gesagt, nachdem der Besitzer zur Förderung der nachbarschaftlichen Beziehung die beiden zum Dinner eingeladen hatte. Natürlich hatte der Eigentümer darauf gehofft, dass der Bürgermeister und Kommissar öfters ein Auge zudrückt - oder auch beide.

Angelos Nikakis verspeiste die letzte *Kalitsounia*, eine Teigtasche, gefüllt mit Auberginen.

Daniel kochte gerne. Angelos war dazu - wie viele männliche Griechen - zu faul. Ein Mann kocht nicht. Und das gilt auch für schwule Griechen. Punkt.

„Wir sollten noch die Kameras am *Panorama* checken, ob der Bengel tatsächlich ein Alibi hat", sagte Daniel.

Angelos seufzte.

„Leiche gefunden. Geborgen. Obduziert. Angehörige verständigt. Laborprobe verschickt. Erste Vernehmung. In Athen hätte man hierfür drei Tage gebraucht!"

Athen stand für Griechen stellvertretend für alles Negative. Selbst das schlechte Wetter kam immer aus Athen die Ägäis heruntergezogen.

„Erste Vernehmung?", fragte Daniel mit spöttischem Unterton. „Kam mir vor wie ein erstes Date!"

„Wie oft muss ich es dir noch erklären: Griechen sprechen nicht mit der Polizei. Das steckt ihnen seit der Militärdiktatur in den Knochen."

„Das war 1967. Gefühlt ein Jahrhundert", bemerkte Daniel.

„Man traut dem Staat nicht und der Polizei gleich gar nicht. Und das wird an die nächste Generation weitergegeben. Manchmal braucht man vier oder fünf Gespräche, bis die Leute zögernd mit etwas herausrücken. In Anbetracht dessen war der Junge sehr mitteilungsfreudig", sagte Angelos mit einem Grinsen.

„Hättest du noch das T-Shirt ausgezogen, hätte er den Mord an Kennedy gestanden", knurrte

Daniel und stand auf.

Angelos wusste genau, wohin er gehen würde - in die Küche. Denn dort war die Kommando-zentrale der Kripo Mykonos. Drei Monitore hingen an der Wand des großen Raums, der an der Bergseite und damit meist im Schatten lag. Knapp 200 Kameras wurden in den letzten Jahren auf der Insel angebracht.

„Ein Orwellscher Alptraum", hatte Daniel das Ganze genannt.

„Nö. Kein Geld für Personal. Ganz einfach. Außerdem werden die Aufnahmen nur bei Kapitalverbrechen eingesetzt. Bei Verkehrs-unfällen zum Beispiel nicht", hatte Angelos Nikakis erwidert.

„Gesetzlich so geregelt?", fragte Daniel.

„Nein. Nikakis-Regel."

Mit missmutigem Gesicht kam Daniel nach zehn Minuten zurück auf die Terrasse.

„Des Bengels Alibi steht. Er war zur Tatzeit zuhau-se. Die Kamera am Ende der Straße hat ihn um 18 Uhr erfasst, als er aus dem Auto gestiegen ist. Raus ist er nicht mehr. Die blonde Perücke kann man ja kaum übersehen", ätzte Daniel.

Angelos lachte.

„Du bist echt süß, wenn du eifersüchtig bist."

„Rutsch mir ... welchen Plan hat der Herr Kommissar für morgen?"

„Mit dem Richter sprechen. Herrn Vafiadis fragen, was für einen aktuellen Händel er mit Tanos hatte. Danach spreche ich nochmal mit unserem Blondchen. Alleine."

Daniel wurde puterrot im Gesicht.

„Nur über meine Leiche triffst du dich mit dem Bengel. Und erzähl mir jetzt nicht was über ..."

„Ermittlungstaktik. Sagen wir es so: er scheint mich zu mögen", sagte Angelos und grinste.

„Mit dir im Schlepptau redet er nicht."

„Soll ich dir einen Picknickkorb zusammenstellen?", fragte Daniel spitz.

„Das ist eine hervorragende Idee. Keine Zuschauer, ein bisschen Romantik beim Sonnenuntergang ... und schon plaudert der Bengel. Irgendetwas, was uns weiterbringt."

7

Du lagst nicht weit daneben", sagte Daniel, nachdem er sein Handy wieder in seiner Hosentasche verstaut hatte. Er fluchte.

„Wohin mit diesen Riesendingern? Früher waren Handys klein und handlich!"

Angelos lachte.

„Da hast du vollkommen Recht, alter Mann. Was spricht die Pathologie in Athen? Hat dich Ypsilanti wieder belehrt, dass du keine Obduktion durchführen darfst?"

„Nö. Seit die letzte Leiche im Fährhafen in Piräus

explodiert ist, sagt er nichts mehr", antwortete Daniel mit Genugtuung in der Stimme.

Tatsächlich war der Leichnam im Bauch der Fähre fünf Stunden gekocht worden. Die heißen Gase, die sich im Inneren des Mannes gebildet hatten, entluden sich in einer Explosion im Inneren eines Krankenwagens. Noch Wochen später fand man immer wieder kleinere Gewebeteile, vom Gestank ganz zu schweigen.

„Alprazolam. Er dürfte zur Tatzeit 1 Milligramm im Blut gehabt haben. Teilsediert."

„Chillig, aber noch gehfähig .... Malakka!"

Mit einem großen Knall kam der SUV zum Stehen. Ein Schlagloch von der Größe eines Medizinballs hatte die Fahrt der Kripo Mykonos vorübergehend gestoppt. Die beiden waren auf dem Weg zu Markos Vafiadis, dessen Villa an einem Berghang östlich von Ano Mera lag - mit Blick Richtung Dorf.

„Offensichtlich legt der Herr keinen Wert auf Meeresblick", sagte Daniel.

„Für Mykonier ist das Meer uninteressant. Wichtig ist, was an Land passiert", sagte Angelos, als sie im Schritttempo weiterfuhren. Auf den letzten Metern war die Straße frisch geteert. Daniel lachte laut.

„Unfassbar. Man kümmert sich nur um den eigenen Grund und Boden."

Das Tor stand offen. Rechter Hand befand sich der Heliport. Einer von mittlerweile 21 - auf einer Insel mit grob 25 Kilometern Durchmesser.

„Nett. Und sicher nicht billig", meinte Daniel

angesichts des Terrassenbaus von geschätzt zwanzig Metern Länge.

Der unvermeidliche Security-Mann - schwarze Hose, schwarzes T-Shirt, Sonnenbrille - wartete schon auf sie.

„Herr Vafiadis empfängt sie auf der Terrasse!"

Ein Kakteengarten säumte den Weg zu einer im Schatten liegenden Veranda. Dort saß ein Herr Mitte fünfzig mit vollem, schwarzem Haar und einem faltigen Gesicht, dominiert von einer riesigen, krummen Nase.

Seine Begeisterung hielt sich in Grenzen.

„Die Herren Nikakis. Bin ich über eine Stopp-stelle gefahren? Frappé?"

„Espresso wäre uns lieber", sagte Angelos. Die Frappé-Manie war ihm zuwider.

„Was kann ich für Sie tun?", fragte Vafiadis.

Es begann das, was man ein griechisches Gespräch nennt. Angelos hatte es Daniel so erklärt: „Komm niemals gleich zur Sache. Das gilt nicht nur für Gespräche mit einem Polizisten. Zuerst redet man über das Haus oder das Grundstück. Dann erzählt dein Gegenüber über die ruhmreiche Geschichte seiner Familie. Ganz Griechenland war am Befreiungskrieg gegen die Türken beteiligt. Hat erstaunlicherweise trotzdem 300 Jahre gedauert. Dann nähert man sich der Gegenwart."

„Großes Grundstück", sagte Angelos. „War bestimmt teuer!"

Vafiadis lächelte mitleidig.

„Der ganze Hügel gehörte schon immer den

Vafiadis. Olivenhaine bis hinunter nach Ano Mera. Als Kind musste ich mit ansehen, wie immer mehr Bäume eingingen. Die Trockenheit und der Wind hatten sie mürbe gemacht. Gott sei Dank hatte Großvater schon in den Sechzigern große Flächen in Paraga und Platis Gialos erworben. Da haben die meisten noch in den Bergwerken gearbeitet. Er hatte den richtigen Riecher. Ich ernte praktisch nur", sagte Vafiadis mit gespielter Bescheidenheit.

„Sie ahnen bestimmt, warum wir hier sind."

„Tanos. Nur: ich war es nicht", sagte Vafiadis und lächelte.

„Um es deutlich zu sagen: wir waren Konkurrenten. Es war ein Wettstreit, manchmal auch mit unlauteren Mitteln. Aber das verteilt sich gleichmäßig. Der Kuchen musste ja nicht geteilt werden. Der Kuchen Mykonos hat sich zum endlos aufgehenden Blechkuchen entwickelt. Beide Familien haben davon profitiert. Ehrlich gesagt werde ich Tanos bestimmt vermissen. Man wusste genau, was er als Nächstes tun wird. In meinem Alter mag man keine Veränderungen mehr."

„Ein Zeuge hat uns erzählt, Tanos habe sich in den letzten Tagen vor seinem Tod sehr über Sie aufgeregt", sagte Kommissar Angelos Nikakis.

„Ich werde es Ihnen nicht sagen, denn es hat nichts mit seinem Tod zu tun."

„Wenn es harmlos war, kann man auch darüber reden", sagte Angelos.

Vafiadis reagierte zunächst nicht.

„Wie gesagt: es war eine Lappalie. Nichts Geschäftliches, es ging nicht um Geld. Nichts, weswegen man morden würde."

„Schauen Sie, Herr Vafiadis. Die Saison beginnt gerade. Wollen Sie wirklich, dass ich meine Mitarbeiter jede Woche in Ihre Betriebe schicke, um nach illegal Beschäftigten zu suchen? Das kostet mich und Sie unnötig Zeit und Geld. Machen wir einen simplen Deal. Ich lasse Sie in Ruhe und dafür erzählen Sie mir mehr über die Lappalie."

Am Gesicht konnte man Vafiadis ansehen, dass er Drohungen nicht gewohnt war.

„Mein Vater war auf Gyaros. Sechs Monate. Sie wissen, was das bedeutet."

„Man spricht nicht mit der Polizei. Aber ich bin Kriminalkommissar und kein Geheimpolizist", entgegnete Angelos.

„Sie werden von mir nur eine Andeutung bekommen. Danach ist unser Gespräch beendet. Tanos´ Wut bezog sich darauf, dass ich etwas über seine Familie erfahren habe, was ihm peinlich war. Wäre es bekannt geworden, hätte die ganze Insel gelacht. Mir hat es gereicht ..."

„ ... dass er wusste, dass Sie es wissen", ergänzte Angelos.

„Tatsächlich hätte ich es nie verwendet. Den Rest müssen Sie herausfinden. Und jetzt entschuldigen Sie bitte: ich habe zu tun!"

Vafiadis stand auf und verschwand im Haus.

„Das Orakel von Delphi war von bestechender

Genauigkeit im Vergleich zu der Nebelkerze gerade", sagte Daniel, als er und Angelos wieder im Auto saßen. „Und was bitte hat es mit Gyaros auf sich?"

„Das ist die Insel der Verbannten. Während der Diktatur haben die Militärs alle Unliebsamen auf diese Insel verbannt. Ein Felsen in der Ägäis. Ohne Schatten, ohne Wasser. Hunderte sind dort gestorben!"

8

Zehn Minuten später fluchte Kommissar Nikakis über seine Dummheit.

Schon auf Höhe der Bäckerei *Veneti* standen sie im Stau. Es war der berüchtigte Fährenstau. Die Mittagsfähre aus Piräus war eingelaufen und hatte Dutzende von LKWs ausgespukt, die jetzt den Kreisverkehr lahmlegten.

„Der Herr Bürgermeister könnte ja mal über eine Ampel nachdenken", spöttelte Daniel.

Angelos lachte.

„Ein Grieche hält an keiner roten Ampel. Das ist wie das rote Tuch beim Stier. Selbst ein Polizist mit Maschinengewehr könnte das nicht regeln."

So brauchte es weitere 15 Minuten für die

restlichen 500 Meter bis zum Gerichtsgebäude, in dem Richter Mantzaris bereits auf sie wartete.

„Schwieriger Fall. Und ich meine nicht den Mord, sondern die Kinder", sagte der Richter.

„Welches Kind?", knurrte Daniel. „Der eine hat es faustdick hinter den Ohren!"

„Was hat er denn?", fragte Mantzaris und schaute Angelos an.

„Eifersüchtig", antwortete Angelos knapp.

„Auf einen 17-jährigen??"

„Er ist tatsächlich sehr reif für sein Alter. Und daher können wir den Vormund weglassen. Sind ja nur sechs Monate bis zur Volljährigkeit. Hat sich schon ein Anwalt gemeldet wegen eines Testaments?"

Der Richter schüttelte den Kopf.

„Was ist mit dem Kleineren?"

„Sehr verschlossen. Oder autistisch. Aber das würde bei einer Pflegefamilie oder gar im Heim noch schlimmer. Die beiden Brüder lebten schon bisher weitestgehend autark. Der Alte hat sich nicht gerade überschlagen in Sachen eigene Kinder. Jedenfalls sollten wir alles so lassen, wie es ist und Stefanos im November als Erziehungsberechtigten für den Kleinen einsetzen."

„Ob er da das Richtige lernt?", spöttelte Daniel erneut.

„Krieg dich wieder ein. Herrgott. Und da kein Testament vorliegt, erbt Stefanos ohnehin alles. Kontosperrung können wir uns also sparen. Wenn du einverstanden bist, werde ich ihm das

so mitteilen", sagte Angelos.
„Ich bin einverstanden", sagte der Richter grinsend. „Nur dein Mann schaut irgendwie genervt aus."

9

Kommissar Angelos Nikakis hätte beinahe laut gelacht, als er vor dem *Panorama* vorfuhr. Stefanos Tanos hatte sich herausgeputzt. Hautenges Shirt, die wehenden blonden Haare glänzten im Sonnenlicht und er strahlte wie ein Honigkuchenpferd.
„Wohin geht es?", fragte er
„Principote? Die Club-Lounge?", fragte Angelos. Es war eine rein rhetorische Frage. Exklusiver ging es tagsüber nicht. Dementsprechend begeistert schaute Stefanos.
„Da dies ein halbprivates Gespräch wird, denke, ich, dass wir zum *du* wechseln sollten", sagte Angelos und fuhr los.
In Panormos geleitete man das ungleiche Duo durch den Club in die Lounge mit Blick über die Bucht. Kommissar Nikakis, 33 Jahre alt, dichtes, schwarzes Haar, in seiner Standard-Kleidung: enges weißes Esprit-Shirt, enge Levi´s-Jeans. Etwas anderes zog er nicht an. „Du könntest ruhig mal eine weitere Leinenhose tragen",

hatte es Daniel einmal probiert. „Bei deinen Jeans sieht man praktisch alles - und das ist nicht gerade wenig." Die Antwort war erwartbar: „Ich muss nichts verstecken."

Personal und Gäste drehten sich nach den beiden um.

„Was die wohl denken?", fragte Stefanos amüsiert.

„Älterer Dackel kauft sich einen Surferboy", meinte Angelos.

„War das jetzt ein Kompliment?", fragte Blondie.

„Du fällst sicher nicht in die Kategorie *hässlich*!"

„Stimmt es eigentlich, dass dein Ehemann früher Scharfschütze bei der Armee war?"

„Warum? Hast du Angst, dass er irgendwo auf dem Hügel sitzt?", fragte Angelos amüsiert.

Tatsächlich hatte Kommissar Nikakis aus beiden kleinen Polizeidrohnen die Akkus entfernt und die Kameras in Panormos abgeschaltet. Genau in jenem Moment fluchte Daniel Nikakis im fünf Kilometer entfernten Kalo Livadi. Auf dem Bildschirm sah er nur die Meldung *Störung*.

„Ist das jetzt ein Date? Oder eine Vernehmung?", fragte Stefanos mit breitem Grinsen.

„Verdächtige oder Zeugen werden in der Regel nicht in einer Lounge mit Meerblick vernommen. Nennen wir es ein Gespräch in wohlwollender Atmosphäre", sagte Angelos.

„Wie weit geht das Wohlwollen?"

„Ich bin verheiratet und fast doppelt so alt", stellte Angelos fest.

„Beides irrelevant", antwortete Stefanos knapp.

„Das sieht Daniel bestimmt anders", sagte Angelos.

Du bist ganz schön keck für dein Alter, dachte er. Und dennoch irgendwie charmant. Ich mag dich. Ich wünschte, ich wäre mit 17 so weit gewesen. Ich hätte ... zurück zum Thema, Angelos.

„Als Erstes: nichts ändert sich für dich und deinen Bruder. Außer, dass du jetzt reich bist, natürlich", sagte Angelos. „Wie reich, kann ich dir noch nicht ..."

„12 Millionen auf fünf Konten, zwei davon in der Karibik. Vier Millionen in Festgeld hier und Stand gestern 34 Millionen in Aktienbeteiligungen. Und etwas Kleingeld im Tresor", sagte Stefanos lapidar.

Angelos Nikakis war sprachlos.

„Was schaust du so? Glaubst du, ich schaue tatenlos zu, wie die russische Schlampe meinen Vater ausnimmt? Das Vermögen meiner Familie? Mein Bruder mag seltsam erscheinen, aber in Sachen Computer ist er ein As. Deswegen braucht man sich um ihn nicht sorgen. Menschen wie ihn wird diese Welt immer brauchen. Ich hingegen bin nur blond und teilbegabt."

Angelos musste lachen.

„Respekt. Dass ein 17-jähriger mich beein-druckt, kommt nun wirklich selten vor."

„Als Gesamterscheinung?", fragte Stefanos mit einem Schmunzeln.

„Das Paket. Dennoch: ich bin vergeben!"

„Das ist schade. Ich hätte jetzt eine Million für eine Nacht geboten. Leisten könnte ich es mir ja", sagte Stefanos.

„Sex ohne Liebe ist wie ein Pool ohne Wasser. Man glaubt, man fliegt und klatscht dann auf Beton. Das lernt man mit der Zeit", sagte Angelos. „Und jetzt beenden wir die Flirterei und kommen zum Grund für dieses Gespräch."

„Dabei gäbe es doch Besseres zu tun", entgegnete Stefanos.

„Zweifellos. Leider wurde dein Vater ermordet und ich werde herausfinden, warum und von wem. Ich habe mit Vafiadis gesprochen und der meinte, dein Vater wäre so aufgebracht gewesen, weil Vafiadis etwas über eure Familie weiß."

Stefanos ließ den Kopf hängen. Das Strahlen war verschwunden.

„Diese dumme Kuh konnte ihren Mund nicht halten", knurrte er.

„Welche dumme Kuh?", fragte Angelos. „Die russische Schlampe?"

Stefanos schüttelte den Kopf.

„Stela. Unsere Haushälterin. Aber es ist vollkommen irrelevant für deinen Fall."

„Die Beurteilung musst du schon mir überlassen. Was immer es auch ist, sag es. Es wird niemand erfahren", sagte Angelos und legte sein Hand auf Stefanos´ Arm. Es knisterte."

„Du sagst es niemand? Gilt das auch für Daniel?"

„Niemand ist niemand, Stefanos."

Kommissar Nikakis war verwirrt. Was konnte in der Familie schon Schlimmes passiert sein? Er kannte die ganze Palette. Seine eigene Familie war das beste Beispiel. Illoyal. Heuchlerisch. Gewalttätig.

Stefanos holte tief Luft.

„Du hast gerade angefangen, mich zu mögen, oder?"

„Durchaus. Daran wird sich auch nichts ändern."

„Versprochen?"

„Hoch und heilig", sagte Angelos.

„Bruderliebe mit Extras", presste Stefanos hervor.

„W-was?", fragte Angelos irritiert.

„Liebe unter Brüdern. Nur etwas mehr. Bei Jungs ist das ja kein Inzest. Ich war zwölf, mein Bruder acht. Unsere Mutter hatte sich verpisst. Unser Vater hat uns ignoriert. Wir hatten nur uns. Wir waren kleine Kinder, Herrgott. Ja, ich bin der Ältere. Aber was weiß man denn mit zwölf? Nichts. Nada. Das hat so zwei Jahre gedauert. Dann habe ich begriffen, dass das nicht ... normal ist. Dass ich aber trotzdem nicht normal bin. Ich sitze neben dir und würde dir gerne die Kleider vom Leib reißen. Das ist alles etwas viel für 17 Jahre. Wahrscheinlich hattest du es leichter!"

„Hatte ich nicht. Ich wusste auch nicht, was ich bin. Als ich den Fehler beging, darüber zu reden, hat mich mein Vater fast totgeprügelt", sagte Angelos, selbst davon überrascht, dass er etwas so Persönliches preisgab. Auch Stefanos

begriff, dass sich eine Tür kurz geöffnet hatte.
„Entschuldige. Ich wollte nicht ..."
„Schon gut, Stefanos. Ich verurteile dich nicht.
Ich kann die Lobpreisung von Familie in diesem
Land nicht ertragen. Vor allem nicht, wenn
jeder weiß, was sich hinter den Fassaden
abspielt."
„Und schon verwandelt sich der Surferboy in
einen ..."
Wieder legte Angelos seine Hand auf Stefanos´
Oberarm.
„Nichts hat sich verändert. Und du hast Recht:
es ist für die Mordermittlung irrelevant. Aber
erzähle deinem Bruder, dass ich Bescheid weiß.
Dass das Geheimnis eines bleibt, er aber jeder-
zeit mit mir reden kann. Aber nur wenn er will. Ist
er auch schwul?"
„Ich glaube nicht. Er starrt der russischen ... du
weißt schon auf die Brüste. Er scheint normal zu
sein."
„In diesem Land verabschiedet man sich von
Freunden mit einem Kuss auf die Backen. Oder
bin ich nach meinem Geständnis jetzt Persona
non grata?"
Angelos lachte.
„Faustdick hinter den Ohren", meinte er und
küsste Stefanos auf die rechte Wange.
„Danke", sagte Stefanos. Nur in diesem Moment
erschien er verletzlich und irritiert.

10

Seit wann bist du so begriffsstutzig?", fragte Kommissar Nikakis aufgebracht.

„Ich bin aufgebracht, weil du mir nicht erzählst, worin dieses Familiengeheimnis liegt! Ich soll bei den Ermittlungen an deiner Seite sein, aber dass ich nicht alles über den Fall weiß, gab es noch nie."

Angelos verdrehte die Augen.

„Es hat nichts mit Blondie zu tun. Das Geheimnis ... ist etwas pikant, liefert aber nicht ansatzweise ein Motiv!"

„Ein Familiengeheimnis bei einer griechischen Familie kein Motiv? In einem Land, in dem jeder die eigene Sippschaft für eine königliche Dynastie hält?"

„Es könnte ein Motiv sein, wenn Tanos der Täter wäre - aber er ist das OPFER, Herrgott. Wäre Vafiadis ermordet worden, hättest du Recht. Dann wäre Tanos der Hauptverdächtige, weil Vafiadis das Geheimnis nicht mehr hätte erzählen können. Doch es war eben nicht Vafiadis, sondern Tanos, der zum Klippenflug angetreten war", sagte Angelos mit mühsam beherrschter Stimme.

Daniel stand nur da. Es ratterte in seinem Gehirn. Unvermittelt sagte er: „Stimmt. Du hast Recht. Nur andersherum würde es passen. Aber dann kannst du es doch erzählen ..."

„Ich habe es versprochen. Punkt. Ende", knurrte Angelos, als sein Handy den alten Nokia-Ton von sich gab. Sofort wusste Kommissar Nikakis, wer ihn sprechen wollte.

Abu Bakar.

Seines Zeichens erfolgreichster Drogenhändler in der gesamten Ägäis - und enger Freund von Kommissar Nikakis.

Sie denken, das ergibt keinen Sinn - außer, dass der Kommissar korrupt und kriminell war?

Sie irren.

„Wir haben ein Problem", sagte Abu kurz angebunden wie immer. „Zeit?"

„Ja", antwortete Angelos Nikakis.

„Heli. In 15 Minuten. Und bring Daniel mit."

11

Abu Bakar, war kein Araber, wie viele glaubten. Er war gebürtiger Pakistani, der nach einem Chemie-Studium beim IS in Rakka landete. Nach einer Begegnung mit einem amerikanischen Flammenwerfer fehlte ihm das halbe Gesicht - und die Lust, anderer Leute Kämpfe auszufechten. Er begriff, wie sich der IS und seine diversen Ableger finanzierten: Drogen. Schnell hatte er das System begriffen

und von innen ausgehöhlt. Mit scharfem Verstand und gnadenloser Brutalität hatte er es zum größten Drogenhändler im östlichen Mittelmeer gebracht. Und dort lebte er auch: auf dem Meer. Seine Yacht war seine Villa.
„Mit einer Yacht kann man fliehen. Wo sind die Räder und der Gashebel bei einem Haus?", lautete sein Motto.
Über Jahre hatten sich Abu Bakar und Kommissar Nikakis bekriegt - und fast gegenseitig umgebracht. Dann schlossen sie erschöpft Frieden.
Der Deal war für beide eine Triple-win-Situation. Angelos hatte es Daniel wie folgt erklärt: „Abu Bakar ist nichts anderes als ein Apotheker ohne einen weißen Kittel. Die Wirkstoffe sind ähnlich, wenn nicht identisch, nur dass der Eine es umsonst auf Rezept kriegt, der Andere muss es teuer bezahlen. Wichtig ist, dass die Drogen rein sind, nicht gestreckt. Und dass niemals an unter 18-jährige verkauft wird. Der dritte Punkt des Deals: Abu sorgt für strikte Gewaltlosigkeit auf meiner Insel. Keine Rivalitäten zwischen den Händlern vor Ort.
„ Ich habe die Schnauze voll davon, dass ich Touristen festnehmen soll wegen ein paar Gramm Koks, während man in Agios Ioannis das Zeug kiloweise auf dem Buffetteller anrichtet", hatte Angelos Nikakis gesagt.
„Und worin besteht dein Part?", hatte Daniel süffisant gefragt.
„Ich garantiere ihm das Monopol auf der Insel.

Höre ich von Versuchen, sich zu verselbstän-
digen, bekommt der entsprechende Händler
einen Besuch von mir. Als Geschenk erhält er
eine CD, auf der zu sehen ist, wie Abu mit
Abtrünnigen verfährt."

„Verfüttern an die Haie?", hatte Daniel gefragt.

„Nein. Im Moment hat Abu ein Faible für Nagel-
pistolen in Verbindung mit Hoden."

„Autsch", entfuhr es Daniel. „Es funktioniert seit
vier Jahren ohne Probleme. Keine Drogentoten
mehr, weil die Ware sauber ist. Gewaltkrimi-
nalität deutlich zurückgegangen. Das Wichtigste aber: Abu weiß alles. Wirklich alles. Und
seine technischen Möglichkeiten geben mir
immer einen gewissen Ermittlungsbonus. Abu
hat sogar kleine Kampfdrohnen im Angebot!"

„Ich frag ihn mal, ob er nicht eine über dem
Panorama kreisen lassen kann. Als Blondie-
Überwachung."

„Sehr witzig", knurrte Angelos.

Offensichtlich lag Abu Bakars riesige Yacht
südlich von Mykonos, kurz vor Naxos.
Ungewöhnlich, denn in der Regel bevorzugte
Abu die Nähe zur offenen See. Doch der Flug
dauerte keine acht Minuten.

Als sie landeten, stand Abu Bakar auf dem
Pool-Deck und winkte, wie immer perfekt
gekleidet in feinster Seide - so, als müsse er auf
dem Meer mit unangemeldetem Besuch
rechnen.

„Endlich einmal Menschen, denen man trauen
kann", sagte Abu Bakar. Er sah aus wie eine

jüngere Vision von Ben Kingsley. Von den Entstellungen früherer Tage war nichts mehr zu erkennen. Mit griechischen Sitten vertraut, küsste Abu seine Besucher auf die Wangen.

„Wie wäre es mit einem Wagyu-Steak?"

„Bin dabei", sagte Daniel. „Endlich einmal nicht kochen oder braten. Ich werde auch hinterher bei Instagram das Restaurant loben. Wie war nochmal die Adresse?"

„Koks-Allée, Mittelmeer", meinte Abu. und bat zu Tisch. Edles Holz und Salzwasser schien auf der Yacht kein Widerspruch zu sein.

„Wie laufen die Geschäfte, mein Freund?", fragte Angelos.

„Dank deiner Insel besser denn je. Auch wenn ich nicht verstehe, was an Mykonos so schön sein soll. Eure Bucht ist schön - und ruhig!"

„Warte noch zwei Wochen, dann wird Kalo Livadi zum Subwoofer", knurrte Angelos. „Und mir würde es schon reichen, wenn die ganzen Kreuzschiffe absaufen würden. Stopfen sich auf dem Schiff noch den Magen voll und geben an Land vier Euro für nen Cappuchino aus. Und deine Kundschaft ist es auch nicht gerade."

„Sicher nicht. Für mich sind allerdings nicht die Passagiere das Problem."

„Sondern?", fragte Daniel und schob sich eine Gabel Wagyu für zehn Euro pro Bissen in den Mund.

„Die Besatzung bei ihren Landgängen. Auf den Schiffen arbeiten oft Habenichtse, die gerne etwas *mitnehmen*!"

„Akutes Problem?", fragte Angelos.

„Vor kurzem ein Philipino", antwortete Abu und grinste. „Daniel kaut ihn gerade!"

Daniel spuckte das Fleisch aus. Angelos und Abu lachten laut.

„Entschuldige. Mein schräger Humor. Ja, nun. Die Zahlen sind beeindruckend und ich nehme an, auch du bist zufrieden?", fragte Abu Angelos.

„Aber ja. Keine toten Kids auf Clubtoiletten mehr. Wärst du kein Drogenhändler, könntest du meinen Job machen. Für Ruhe sorgen, damit Geld verdient werden kann. So funktioniert der Mensch!"

„Schön, dass du deine linken Illusionen begraben hast. Der Mensch ist eine gierige Bestie. Punkt. Und es braucht Menschen wie uns, um alles in Gang zu halten. Nimm hier die Ägäis: es kracht nördlich davon in der Ukraine, im Osten Armenien und im Süden Gaza. Nur hier ist Ruhe!"

„Noch ein Satz und ich schlage dich für den Friedensnobelpreis vor", sagte Daniel und bekam von Abu einen zärtlichen Klaps auf den Hinterkopf.

„Aber damit das so bleibt, brauche ich deine Hilfe, Angelos. Mich erreichen Gerüchte, dass auf Mykonos ein zweiter Händler sich breitmachen möchte. Natürlich wird immer viel getratscht. Nur: ich habe gestern drei Handygespräche ... äh aufgezeichnet ..."

Angelos verdrehte die Augen.

„Und ich brauche zwei Wochen und eine richterliche Anordnung, damit die sich bei COSMOTE bewegen ..."

„Gib mir in Zukunft die Nummer und du bekommst alle Gespräche von mir, die auf dem Handy je geführt wurden", sagte Abu. „In den Telefonaten ging es um eine Lieferung nächste Woche. Erwähnt wurden das *Tropicana* und *Alemagou*."

„Ein Laden gehört Tanos. Oder gehörte. Der andere Vafiadis!"

„Richtig. Ich kann/konnte mit beiden gut. Klar. Beide machen ein Vermögen mit mir", sagte Abu.

„Und Tanos ist nun tot", stellte Angelos fest.

„Könnte sein, dass sich Vafiadis vergrößern will", meinte Abu. „Gibt es bei Tanos schon einen Erben?"

„Ja", knurrte Daniel. „Ein Wasserstoffblondchen mit Schwimmflügeln."

„Was hat er denn?", fragte Abu in Richtung Angelos.

„Stefanos Tanos. Er erbt alles. Er ist aber erst 17. Lass erstmal alles so weiterlaufen wie bisher. Am Ende der Saison mache ich euch bekannt. Er wird dir keine Probleme bereiten."

„Darauf würde ich nicht wetten", knurrte Daniel trotzig.

„Ach herrje. Jetzt begreife ich. Dein Gatte ist eifersüchtig. Süß", sagte Abu und lachte.

„Zurück zum Thema: alle drei Gespräche liefen über einen Sendemast. Der an der Radarsta-

tion!"
Kommissar Angelos Nikakis seufzte. Im Bereich des Sendemastes lag das Haus von Markos Vafiadis.

12

In Kalo Livadi ging man grundsätzlich spät ins Bett. Und so hatte Kommissar Angelos Nikakis keine fünf Minuten geschlafen, als um 1 Uhr 23 das Telefon läutete. Es läutete wirklich. Der Ton bedeutete: Polizei. Großalarm.

„Leiche in Ano Mera", sagte Maria knapp. „Sieht nach Mord aus!"

„Hast du schon obduziert?", fragte Angelos spitz.

„Kannst du dir sparen. Schuss in den Hinterkopf. Da ist nicht mehr viel übrig. Die Leiche liegt neben der Klostermauer."

Daniel war schon aufgestanden und schlüpfte in den Spusi-Anzug.

Als Angelos die Serpentinen hoch zur Ruine der Mykobar-Minengesellschaft fuhr, fluchte er laut. Das ganze Inselplateau schien blau zu blinken.

„Sie lernen es einfach nicht."

„Was bedeutet Blaulicht?", hatte er die versammelte Mannschaft vor nicht einmal drei Monaten gefragt. „Es bedeutet: sofort hinrennen. Handy laufen lassen, um wahlweise Unfall,

Verletzte/Leiche, mindestens aber ein zerknautschtes Auto zu posten. Das Blaulicht bleibt daher aus. Immer!"

„Aber wenn wir es eilig haben?", hatte einer der Neuen gefragt.

„Die Polizei hat es nie eilig. Von Mykonos kommt keiner runter. Selbst wenn ein Massenmörder oder Terrorist ein Schnellboot hätte: wir wären ihm mit den Drohnen immer auf den Fersen. Auf dem Meer geht nichts schnell. Eilig hat es ein Arzt oder Krankenwagen. Wir nicht", hatte Kommissar Nikakis verkündet.

Und nun leuchtete ganz Mykonos blau. Twitter - oder X - würde implodieren.

„Mach die Scheiß-Lichter aus", rief Angelos laut zur Begrüßung. Maria zuckte hilflos mit den Schultern.

„Es waren die Neuen. Es ist ihre erste Leiche. Außerdem ist die Feuerwehr gleich da, mit der Lichtgiraffe. Dann ist es eh egal. Für die Spusi brauchst du doch Licht, oder?"

Maria deutete zum Kloster. Die Leiche lag im Halbdunkeln. Vom Kopf war nicht viel übrig. Der Mann war vermutlich an der Mauer erschossen und dann zwei Meter ins Dunkle gezogen worden – oder zuerst mit vorgehaltener Pistole gezwungen worden ins Dunkle zu gehen.

„Aufgesetzt", sagte Daniel lapidar. „Gott sei Dank ist es Mai und ziemlich kühl, sonst würden die Touris Selfies mit Hirnmatsch machen."

Am Rande stand ein Mann in Priesterkluft. Pater Nikolaos. Ein junger Mann von gerade mal 28

Jahren. In Gedanken versunken, betrachtete er die Leiche.

„Kali ...spera oder nichta?", fragte Angelos angesichts der seltsamen Uhrzeit.

„Hallo, Angelos. Ich kann es nicht fassen. In unserem kleinen friedlichen Dorf!"

„Auf Mykonos ist nichts mehr klein und friedlich. Schon lange nicht mehr", antwortete Angelos. Was er sah, gefiel ihm gar nicht. Nicht nur wegen der Leiche. Der ganze nördliche Bereich des Parkplatzes lag im Dunkeln. Als eine große Laterne aufgestellt werden sollte, damit die Kameras etwas anderes als schwarz aufnehmen könnten, hatte das Kloster vehement protestiert. Man würde die neue und teure Beleuchtung des Klosters nicht genug würdigen. Jetzt haben wir den Salat, dachte Kommissar Nikakis.

„Ich nehme an, auf eurem Gelände stehen keine Kameras?", fragte er Pater Nikolaos.

„Angelos, der Herr sieht alles. Er braucht keine technischen Hilfsmittel."

„Ja, nur leider taugt Gott nichts als Zeuge. Mit mir spricht er nicht", antwortete Kommissar Nikakis, fügte aber gleich ein *Signomi* an.

„Ich wollte nicht ..."

Der Pater lächelte gütig. „Weißt du schon, wer es ist? Sicher müssen die Angehörigen verständigt werden."

Dass die Angehörigen des Mannes eher in Syrien, Rumänien oder Bulgarien zu finden sein würden - auf diesen Hinweis verzichtete Kommissar Nikakis. Einheimische werden selten Opfer von aufgesetzten Schüssen mit Schalldämpfern.

„Kann ich irgendwie helfen?"

„Ja", sagte Angelos angesichts der immer größer werdenden Menge an Menschen. Der Flurfunk und das Blaulicht-Gewitter hatte selbst die aus dem Haus getrieben, die schon geschlafen hatten.

„Sag den Leuten, sie sollen nach Hause gehen und schlafen. Oder für das Opfer beten. Auf dich hört man. Eher als auf die Polizei."

Und tatsächlich löste sich die Menge schnell auf. In der Stadt wären es Touristen gewesen, die keinen Meter zurückgewichen wären, ohne Fotos von Blut und Hirnmasse.

Daniel zog das Handy des Toten aus der hinteren Hosentasche und wischte darauf hin und her.

„Ich gehe ins *Apozouraki*, sagte Angelos. Das Café lag keine zehn Meter vom Fundort der Leiche entfernt, direkt gegenüber des Kircheneingangs. Die füllige Besitzerin, Eleni, stand auf ihrer Terrasse.

„Kann ich hier ´ne Stunde sitzen? Es dauert, bis wir ..."

„Klar. Ich bring dir ´nen doppelten Espresso", sagte Eleni und ging hinein, so als wäre nichts passiert. Kommissar Nikakis klappte den Laptop auf und loggte sich ins Kamerasystem ein.

Plötzlich sah er, dass sich Pater Nikolaos neben ihn gesetzt hatte.

„Wenn du hier arbeiten musst, bleibe ich bei Dir. Dann stört dich auch keiner", meinte er.
„Ich kenne den Mann, also natürlich nicht vom Namen her. Er ist einer von Abu Bakars Leuten!"
Kommissar Nikakis erstarrte, was Pater Nikolaos sichtlich amüsierte.
„Wie gesagt: Gott sieht alles. Und wir Mönche sehen viel. Dass zum Beispiel auf dem Platz nichts mehr an Jugendliche verkauft wird. Es ist ein Segen. Es wohnen viel Arme am Rande des Dorfes. Immer mehr werden aus ihren Wohnungen oder Häusern vertrieben. Mit *airbnb* verdient man mehr Geld. Menschen verlieren ihre Heimat, hinzu kommt die materielle Armut. Ich heiße Drogen nicht gut. Versteh´ mich richtig, aber ich bin nicht naiv. Außerdem gibt es keine Einbrüche mehr. Die Konsumenten wissen, dass sie sonst Ärger mit dir und Abu Bakar bekommen. Du hast richtig gehandelt. Ich nehme an, dass du die gleichen Befürchtungen hast wie ich?"
Angelos Nikakis nickte.
„Es könnte sein, dass die alten Zeiten zurückkehren. Ein Krieg der Drogenhändler auf Mykonos. Verlieren werden letztlich alle. Meine wichtigste Aufgabe ist jetzt dafür zu sorgen, dass Abu stillhält, bis ich weiß, wer dahinter steckt. Geduld ist nicht seine Stärke."
„Dann bete ich dafür", sagte Pater Nikolaos.
„Zu welchem Gott? Abu ist Moslem. Oder war es!"
„Dann bete ich eben zu allem, was herum-

fleucht und Gutes im Sinn hat. Wir sind auf Mykonos. Der Kosmos im Kleinen", sagte Pater Nikolaos.

Daniel kam in seinem weißen Plastikkittel die kleine Gasse heruntergelaufen.

„Und? Irgendwas Auffälliges?", fragte Angelos.

„Hmm. Es ist komisch. Ein kleiner runder Bluterguss auf dem Rücken – und auf dem Shirt. Mit ein paar kurzen Haaren, die nicht vom Opfer stammen können", antwortete Daniel.

„Szenario?"

„Der Täter könnte die Waffe im Hosenbund hinten getragen haben. Dabei könnten ein paar Haare sich am Lauf festgesetzt haben. Der Täter zieht die Waffe, drückt sie dem Opfer ins Kreuz und sagt zu ihm, er soll zur Mauer laufen. Peng! Und DNA am Shirt!"

„Dann schicken wir das mal ein", sagte Angelos, als das Handy brummte.

„Mist", fluchte Angelos. „Entschuldigung, Pater."

Es war Abu Bakar. Angelos beschloss, in die Offensive zu gehen.

„Ja. Es stimmt. Einer deiner Leute ist in Ano Mera erschossen worden. Es gibt leider keine Bilder und keine Zeugen – aber DNA-Spuren. Ich bitte dich nur um Geduld, Abu. Ermittlungen dauern nun mal."

„Dafür habe ich aber keine Zeit. Erscheine ich schwach, tanzen bald die Mäuse auf dem Tisch. Außerdem hatte das Opfer, Safiane Adli, einen Bruder, Ali, der ebenfalls für mich arbeitet

– und der ist nur schwer zu bändigen."

„Dann tu dein Bestes", sagte Angelos. „Und ich weiß, was du noch sagen wirst. Ob der Mord etwas mit den Gerüchten zu tun hat, die du mir heute Morgen erzählt hast, weiß noch keiner. Nichts deutet momentan auf Vafiadis hin."

„Du würdest staunen wie hoch meine Trefferquote bei Gerüchten ist. Nur so überlebt man in meiner Branche. Eine Stimme säuselt einem etwas ins Ohr. Man reagiert schnell und hart. Position gesichert."

„Ich kann nicht jemanden verhaften auf Basis eines Gerüchtes. Mein Vorschlag: du hörst Vafiadis´ Telefone ab, die Handys der Security. und ich ermittle und kümmere mich um die DNA-Spuren", sagte Angelos.

„Eine Woche, mein Freund", meinte Abu Bakar und war weg.

13

Eine DNA-Untersuchung dauert in der Regel drei bis sechs Monate. Warum? Weil Personal und Geld fehlen. Sie ist also kein Mittel, um Fälle schnell zu lösen. Werden Mordfälle in den berühmten ersten 48 Stunden aufgeklärt, so kann die DNA keine Rolle gespielt haben. Sie dient meist dazu, cold cases zu lösen.

Ausnahme? Nun – wenn der Kommissar den Polizeipräsidenten kennt, der der Probe absolute Priorität einräumt.

Jener Polizeipräsident war Hector Siopsis, der sich gerade eine Gabel Sahnetorte in den Mund schob – trotz eines neuen olympischen Rekords bei der morgendlichen Zuckerwertbestimmung.

Und so begann das Telefonat mit Kommissar Nikakis immer gleich.

„Zucker?", fragte Angelos.

„Zwölf", antwortete Siopsis lapidar.

„Und was gedenkst du zu tun?"

„Ich mache Diät. Nur noch zwei Stücke Torte statt drei!"

Angelos lachte.

„Was willst du, Schöner? Oder bist du mittlerweile Diätberater?"

„Ich brauche eine schnelle DNA-Analyse."

„Anfang Juli", knurrte Hector. „Ich habe weniger Mittel als vor zehn Jahren. Manche Proben liegen schon sechs Monate hier rum. Und jeder glaubt natürlich, seine Probe sei die wichtigste."

„Meine Probe ist schon deswegen wichtig, weil sie von mir kommt", sagte Angelos und lachte.

„Bescheiden wie immer. Überzeuge mich", sagte der Polizeipräsident.

„Das Opfer ist ein Mitarbeiter von Abu Bakar."

Hector pfiff.

„Lass mich raten: er ist auf 180 und packt schon

die Hodenschere aus."

„So ungefähr. Bitte denk daran, dass der Deal auch für mehr Ruhe in Athen gesorgt hat…"

„…auch wenn er die üblichen Grenzen mehr als sprengt."

„Alle profitieren davon. Aber ein Mord auf der Insel bringt mich in die Bredouille. Ich muss Abu zeigen, dass wir derartige Probleme schnell lösen. Dazu brauche ich dich."

„Du hast das Ergebnis morgen Mittag", versprach Hector.

„Danke. Datenbank abgleichen machen wir", sagte Angelos Nikakis.

Und so warteten Angelos und Daniel am nächsten Morgen auf das Ergebnis. Sie lagen auf der Terrasse und blickten hinaus auf die Bucht von Kalo Livadi.

„Scheiß Moskitos", fluchte Angelos.

Es herrschte ein ungewöhnlicher Südwind, der Wärme nach Mykonos schaufelte und für den ersten T-Shirt-Abend auf der Insel sorgen würde.

Ein „Pling" zeigte den Eingang der erwarteten Mail an.

„Dann lass ich das Ganze mal durchs System laufen", sagte Daniel, stand auf und verschwand in der Küche.

„Erwarte nicht zu viel", rief ihm Angelos hinterher.

Die DNA-Datenbanken waren in Bezug auf Kriminelle nicht gut bestückt.

Gewohnheitsverbrecher und Terroristen – die ja, aber …

„Treffer!", rief Daniel laut und sichtlich aufgeregt.

Das gibt´s doch nicht, dachte Kommissar Nikakis. Er beugte sich über den Tisch und betrachtete den Bildschirm.

„Omar Karmoush. Aber kein Eintrag", sagte Angelos überrascht.

„Stimmt nicht. Da steht, du brauchst eine zusätzliche Freigabe. Moment mal.

Irgendwoher kenne ich das Gesicht", sagte Daniel.

Er hat Recht, dachte Angelos.

„Ich hab´s. Das ist einer der Security-Männer von Vafiadis. Er stand oben neben dem Eingang!"

Daniel schlug auf den Tisch.

„Mordfall innerhalb von 48 Stunden geklärt. Richter anrufen. Haftbefehl ausstellen. Zu Vafiadis fahren und den Herrn Karmoush verhaften. Danach Vafiadis befragen", sagte er und stand auf.

„Hinsetzen!", meinte Angelos und ließ zwei Espressi aus der Maschine.

„Warum freust du dich nicht?", fragte Daniel.

„Wie lange trage ich meine weißen Shirts?", fragte Angelos.

„Eitel wie du bist, wechselst du sie zwei Mal am Tag", meinte Daniel und grinste.

„Ich bin nicht eitel, ich bin einfach nur schön", sagte Angelos und lachte. „Ein Mensch wie Adli wechselt es wohl alle zwei Tage, weil er es selbst waschen und bügeln muss. Der DNA-Abgleich bedeutet lediglich, dass Karmoush in diesen zwei Tagen Kontakt zu Adli hatte."

„Ja. Als er ihm die Pistole in den Rücken gedrückt hat", sagte Daniel.

„Oder sie haben sich am Kiosk getroffen, Karmoush hat Adli auf den Rücken geklopft. Haar übertragen. Würde jedenfalls der Anwalt sagen", antwortete Angelos. „Den Haftbefehl können wir also vergessen."

„Das Haar hing inmitten eines kreisrunden Abdrucks, der zufällig einem Lauf entspricht", knurrte Daniel.

„Zu wenig. Dennoch werden wir hinfahren und ein wenig dicker auftragen"

Und so fuhren beide wenige Minuten später den Hang zur Villa Vafiadis hoch. Tatsächlich stand Karmoush wieder vor dem Eingang.

„Herr Karmoush, vermute ich", sagte Angelos. „Wir müssten kurz mit Ihnen reden. Können wir uns setzen?", fragte er und deutete auf einen kleinen Tisch, der neben dem Eingang im Schatten einer Bougainvillea stand.

Karmoush schaute überrascht, sagte jedoch: „Natürlich."

Omar Karmoush war weniger der muskulöse, denn der sehnige Typ. Kein Stiernacken, kein platzendes Muskelshirt.

„Wo waren Sie vorgestern zwischen 22 und 1 Uhr?", fragte Angelos.

„Da ich keinen Dienst hatte, war ich zuhause." Karmoush verzog das Gesicht. „Ich lebe in einem der Container bei Lia."

„Das ist ungewöhnlich. Normalerweise wohnt die Security im Haus", sagte Angelos.

„Natürlich. Aber der Patron hat die Security kürzlich aufgestockt. Der Platz hier reichte nicht aus."

„Warum wurde die Security vergrößert?", fragte Daniel.

„Der Patron meinte, es gebe immer mehr Verrückte", sagte Karmoush.

Oder man plant einen Großangriff, dachte Angelos.

„Ich will nicht um den heißen Brei herumreden: vorgestern wurde zwischen 22 Uhr und 1 Uhr in Ano Mera ein Mann erschossen. An der Kleidung des Toten wurde Ihre DNA gefunden." Karmoush wurde bleich.

„W-was? A-aber das kann nicht sein. Ich war im Container. Den ganzen Abend. Ich gehe nie aus, weil ich Geld sparen will. Ich kenne auch niemanden – außer meinen Kollegen … und meinen Friseur."

Auf der Terrasse wurde es unruhig.

Vafiadis Senior kam hinzu.

„Was geht hier vor?", bellte er.

„Ihr Mitarbeiter beantwortet meine Fragen. Denn es befindet sich seine DNA an der Kleidung eines Mordopfers!"

„Der Drogenhändler in Ano Mera? Nun, um den ist es nicht schade. Zudem weiß jeder Idiot, dass

DNA noch gar nichts bedeutet. Und überhaupt: woher haben Sie die Vergleichs-DNA?"

Nicht dumm, dachte Angelos. Gegenangriff.

„Ein früheres Delikt Ihres Mitarbeiters", sagte er.

„Das kann nicht sein. Meine Mitarbeiter werden vor Einstellung gründlichst durchleuchtet. Omar war sauber", entgegnete Vafiadis.

„Das bin ich auch. Ich hatte nie Ärger mit der Polizei. Ich war Türsteher in einem Club in Saloniki", fügte Karmoush hinzu.

„Sie wissen, dass die Containeranlage rund um die Uhr von Kameras überwacht wird", sagte Angelos.

„Natürlich. Wir sind ja der Abschaum der Insel", knurrte Karmoush.

Angelos Nikakis musste ihm zustimmen. Das Containerdorf hatte einen miserablen Ruf. Dabei wohnten dort nur Menschen, die keine Wohnung gefunden oder sich keine leisten konnten. Doch auch der Bürgermeister konnte keine Wohnungen vergeben, die es nicht gab.

„Und leider müssen Sie uns jetzt begleiten, Omar. Wir müssen Ihren Container durch-suchen", sagte Angelos Nikakis.

„Braucht man dafür nicht einen Durch-suchungsbeschluss?", bellte Vafiadis Senior.

„Sie schauen zu viele TV-Krimis. Bei Gefahr im Verzug darf die Polizei überall hinein", sagte Angelos Nikakis.

Hinter Vafiadis stand nun ein junger Mann und grinste. Seine Nase verriet ihn: er war der Sohn von Vafiadis. Warum er grinste, blieb Angelos ein Rätsel.

„Gehen wir, Omar. Und Herr Vafiadis: ich würde die Security weiter verstärken. Nur so ein Gefühl."

Auf dem Weg zum Fahrzeug hielt Daniel Angelos am Arm fest und flüsterte ihm ins Ohr: „Er verstärkt seine Security. Er bezeichnet das Opfer als Drogenhändler, was der bestimmt auch war, aber warum tut er das? Weil er einen Großangriff starten will. Er tötet Tanos, um bei legalen Geschäften freie Bahn zu haben. Er greift Abus Imperium an, um sich auch das Drogengeschäft unter den Nagel zu reißen. Die Drecksarbeit erledigt sein Security-Trupp. Macht doch Sinn, oder?"

„Vielleicht ein bisschen zu viel", antwortete Kommissar Angelos Nikakis.

Die Durchsuchung des Wohncontainers erbrachte nichts. Wenig überraschend.

„Fahren wir nach Hause und checken die Videos", sagte Angelos.

Keine drei Stunden später vibrierte das Handy. Schon beim Wischen hörte Angelos ein Brüllen. „SIE LASSEN OMAR SOFORT FREI!"

Vafiadis.

„Ich kann niemand freilassen, den ich gar nicht habe", knurrte Angelos.

„Sie haben ihn nicht?"

„Die Frage habe ich schon beantwortet. Was ist passiert?"

„Omar hätte Nachtdienst. Aber er ist nicht

erschienen. Wir waren in seinem Container.
Alles zerschlagen. Blutspuren."
Angelos wurde flau im Magen.
„Ich erwarte, dass Sie tätig werden", bellte
Vafiadis und wischte das Gespräch weg.
Angelos starrte zum Fenster hinaus. Er wusste
genau, was passiert war.

14

Omar Karmoush brummte der Schädel.
Außerdem hatte er massive Sehstö-
rungen.
Auch sonst gab es genügend Anzeichen für
eine unangenehme Situation. Er war nackt auf
einem Tisch fixiert. Er spürte, dass seine Beine
auseinandergezogen waren. Sein Gehänge
baumelte in der Luft. Kein gutes Zeichen.
Er begann zu zittern.
Ich habe nichts getan.
Die Türe öffnete sich und zwei Männer betraten
den Raum.
Es war ein Folterraum. Die zahlreichen Ringe in
der Wand, die Eisenstangen …
„Jassu, Omar. Herzlich willkommen auf meiner
Yacht."
Abu Bakar.
Das ist mein Ende, dachte Omar.

„Nun. Das Ganze hier wäre nicht nötig, wenn du uns die Wahrheit erzählst? Wer hat dich beauftragt, Adli zu töten?"

„Niemand, denn ich habe niemand umgebracht. Zur Tatzeit war ich in meinem Container. Bitte, ich habe nichts getan!!"

Stille.

„Nun. Schade. Natürlich weißt du, dass deine besten Teile frei schwingen. Neben mir steht Ali, Adlis Bruder. Er hat eine Suppenkelle in der Hand. Aber keine dieser Plastikkellen, sondern eine gute alte Gusseiserne! Ali, walte deines Amtes."

Ali holte aus.

Omar schrie nicht. Er fiel sofort in Ohnmacht.

Zwei Eimer Wasser später war Omar wieder in dieser Welt. Er wünschte, er wäre im Reich der Ohnmacht geblieben.

„Möchtest du uns etwas Neues erzählen?", fragte Abu.

Omar erbrach sich.

„I-ich weiß nichts. Bitte glauben Sie mir doch!"

Dann spürte er kaltes Metall an seinem Rektum. Er zerrte an den Riemen, aber er merkte, dass es sinnlos war.

„Das, mein lieber Omar, ist ein Lötkolben. Noch ist er kalt. Lege ich den Schalter um, verbrennt dir der Kolben die Darmwand und es beginnt heftig zu bluten."

„ICH WAR ES NICHT", brüllte Omar in Panik.

„Falsche Antwort", sagte Abu und legte den

Schalter um. Er verließ den Raum und ließ sich in einen Sessel auf dem Zwischendeck fallen.

Er zweifelte. Auf diesem Tisch lügt man das Blaue vom Himmel herunter. Alle tun das.

Aber bei Omar kamen ihm Zweifel. In seiner Stimme lag etwas Ungläubigkeit.

Die Schreie waren infernalisch.

Abu stand auf, ging zurück zum Folterraum und zog den Stecker.

Es roch bestialisch. Urin, geschmortes Fleisch, Todesangst.

15

Du musst etwas tun", sagte Daniel bestimmt.

„Zu spät. Abu hat ihn seit über vier Stunden. Wenn er Glück hat, treibt er schon tot in der Ägäis. Lebt er noch, ist es besser, er stirbt."

„Du musst einschreiten. Du bist der Kommissar!!"

„Was erwartest du? Dass ich seine Yacht stürme? Ein Zerstörer der Marine würde daran scheitern", sagte Angelos.

Plötzlich klopfte es an der Haustüre.

Angelos und Daniel schauten sich fragend an.

Als Angelos öffnete ... stand dort Stefanos

Tanos. Aber nicht der Surferboy, sondern ein zitternder, verschreckter junger Mann mit Kratzern im Gesicht.

„Was ist denn mit dir passiert?", fragte Angelos.

„Egal. Komm rein. Daniel! Wundspray und Pflaster!"

Angelos bugsierte Stefanos in die Küche.

„Auf mich ist geschossen worden", sagte Stefanos mit leerem Gesicht.

„Bitte was?"

„Bei uns ist ein berühmter französischer Fußballer abgestiegen. Er wollte ins *Tropicana* und ich habe ihn gefahren. Auf dem Rückweg … auf dem geraden Stück, wo es links hinunter nach Kalafati geht, gab es einen lauten Knall und mir flog die Scheibe um die Ohren."

„Könnte auch einfach ein Stein gewesen sein", knurrte Daniel und stellte das Optisept und Wattepads auf den Tisch.

„Bei einem Stein platzt keine Windschutzscheibe. Außerdem ist die Straße frisch geteert", sagte Angelos.

Vorsichtig säuberte Angelos die Wunden in Stefanos´ Gesicht.

„Du bleibst heute hier", sagte Kommissar Nikakis.

Daniel hüstelte.

„Kommst du mal mit ins Wohnzimmer?", sagte er und verließ die Küche.

„Was willst du, Daniel? Der Täter springt da draußen noch herum. Es ist dunkel. Er könnte vor dem Hotel auf Stefanos warten. Soll er sterben, nur weil du eifersüchtig bist und/oder ihn nicht leiden kannst?", sagte Angelos.

„Gut. Dann ziehe ich jetzt ins *Bill and Coo*, solange du hier Besuch hast", entgegnete Daniel und knallte die Haustüre hinter sich zu.

Für einen Moment sprachlos starrte Kommissar Nikakis auf die Türe.

„Vollidiot", knurrte er.

„Es tut mir leid, wenn ...", versuchte Stefanos zu sagen, doch Angelos Nikakis war zum Sprechen zu wütend.

„Du bleibst. Basta!"

Das Handy brummte.

Abu.

„Das fehlt mir jetzt noch", brummte Angelos.

„Du hast Omar entführt. Das geht eindeutig zu weit. Und ich bin stink ..."

„Stopp. Ich habe ihn nicht entführt. Das war Ali, der Bruder von Adli, der regelrecht hingerichtet wurde, wenn ich darauf hinweisen dürfte", blaffte Abu Bakar zurück.

„Ich bin eingeschritten und habe Ali befohlen, Omar auf die Yacht zu bringen."

„Was ja einen großen Unterschied macht. Ich nehme an, er ist bei den Fischen."

„Da muss ich dich enttäuschen. Er ist in einer Privatklinik im Libanon und wird dort wiederhergestellt."

„Was ist ihm denn widerfahren?", ätzte Kommissar Nikakis.

„Die Ärzte meinen, dass Omar Silikonhoden besser stehen und dass er ein paar Darmprobleme haben wird. Aber er wird leben!"

„Für deine Verhältnisse fast fürsorglich. Wie das?"

„Bauchgefühl. Ich glaube, er sagt die Wahrheit. Ich kenne das Verhalten derer, die in meinem Befragungszimmer zu Gast sind. Ich denke, man hat ihn reingelegt und die DNA platziert. Allerdings bin ich mir sicher, dass Vafiadis dahintersteckt."

„Das widerspricht sich doch", entgegnete Angelos.

„Nein. Aber es gibt Wichtigeres zu besprechen. Herr Vafiadis benutzt seit drei Tagen Satelliten-telefone. Allein das zeigt, dass er etwas zu verbergen hat!"

Womit Abu Recht hatte.

„Sag jetzt nicht, dass du Satellitentel …"

„Natürlich. Die Gespräche laufen über Türksat, aber das ist unwichtig. In einem Gespräch unterhält er sich mit jemand anders über eine bevorstehende Lieferung nach Piräus. In zwei Tagen. 22 Uhr, Schuppen 19. Und ich glaube nicht, dass es sich um Baklava handelt. Und: er kommt persönlich. Und jetzt du", sagte Abu.

Angelos überlegte.

„Gut. Punkt 1: du hältst dich raus. Punkt 2: ich kümmere mich um die Razzia in Piräus", sagte Angelos Nikakis. „Und nochmal: keine Über-raschungen von deiner Seite. Und das gilt auch für deine Leute!"

16

Es war die erste Nacht seit zwei Jahren, die Kommissar Angelos Nikakis alleine verbrachte.

Doch der morgendliche Espresso stand trotzdem auf dem Tisch.

Ein gutgelaunter Surferboy stand in Shorts in der Küche und warf Pancakes durch die Luft.

„Jassu", knurrte Angelos. „Da geht es jemandem deutlich besser."

„Guten Morgen, äh, wie nennt man dich bei der Astinomia? *Schöner*?"

„Keine Scherze vor elf Uhr", entgegnete Angelos.

„Ich wollte dir keine Schwierigkeiten machen. Ich wusste nur nicht, wohin", sagte Stefanos.

„Schon gut. Und für Daniels Reaktion konntest du nichts. Ehrlich gesagt ärgere ich mich heute noch mehr als gestern. Er wollte tatsächlich, dass ich dich wieder wegschicke, obwohl der Täter auf dich hätte warten können, um … ein Leben riskiert, nur wegen völlig unberechtigter Eifersucht."

Stefanos war so klug, nichts zu erwidern.

„Jedenfalls schaue ich jetzt mal nach der Kugel. Wenn sie abgeprallt ist, könnte sie noch im Auto liegen", sagte Angelos.

„Ich helfe dir", meinte Stefanos.

„Lass mal. Das muss ich alleine machen, mit

Handschuhen und Pinzette, sonst gehen alle
Spuren flöten."
Sprach´s, holte die Utensilien aus der Schublade
und ging nach draußen.
Nach zehn Minuten kam Angelos zurück und
hielt einen kleinen Plastikbeutel in der Hand.
„Doch kein Stein", sagte Stefanos mit Befriedi-
gung in der Stimme.
„Natürlich nicht. Scheiben bersten nicht so
leicht."
„Kann ich mich noch etwas hinlegen?", fragte
Stefanos.
„Klar. Du kannst auch erstmal bleiben, wenn du
dich noch nicht sicher fühlst", meinte Angelos
und ging hinaus auf die Terrasse. „Ich gehe in
den Jacuzzi. Nachmittag muss ich nach Piräus.
Vorbesprechung Razzia."

Etwa zehn Minuten später saß Kommissar
Nikakis im Blubber-Pool und hörte ein Plumpsen.
„Planänderung. Jacuzzi ist besser."
Stefanos strahlte und setzte sich neben
Angelos. Es dauerte auch nicht lang, da spürte
Kommissar Nikakis, wie sich eine Hand auf den
Oberschenkel legte und langsam nach oben
wanderte.
„Gefährliches Spiel", sagte Angelos.
Stefanos lachte.
Eine innere Stimme meldete sich.

Du musst ihn stoppen – und hinauswerfen.

Eine zweite Stimme widersprach.

Lass ihn. Was soll im Jacuzzi schon passieren?
Sex im Wasser ist nur was für Idioten und macht keinen
Spaß.

Und so wanderte Stefanos´ Hand bis in die
Zielzone und Kommissar Nikakis reagierte
entsprechend.
„Grundgütiger. Die Gerüchte stimmen also",
sagte Stefanos.
„Was für Gerüchte?", fragte Angelos, obwohl
er die Antwort schon kannte.
„Dass der Herr Kommissar immer zwei Waffen
mit sich trägt. Und das große Kaliber ist nicht die
Glock", sagte Surferboy und grinste.
„Hast du dir schon mal überlegt, wozu am Rand
die zwei Mulden sind?", fragte Stefanos.
„Zum Hinsetzen. Warum sollten sie sonst die
Form eines Pos haben?", fragte Angelos.
Stefanos grinste.
„Wie wäre es denn, wenn du dich dorthin
setzen würdest?"

Nein, Angelos, das geht zu weit.
Warum? Es wäre kein Sex, zumindest nur ein
Teilprogramm.

Und zu seinem eigenen Erstaunen setzte sich
Kommissar Nikakis auf den Rand des Jacuzzi.
„Was für eine schöne Aussicht", sagte Stefanos.

17

Bist du jetzt sauer auf mich?", fragte
Stefanos.
Die beiden saßen im Auto, vor dem
Panorama in Kalafati.
„Nein. Warum sollte ich? Ich hätte *nein* sagen
können", sagte Kommissar Nikakis.
„Warum hast du es dann nicht getan?"
„Das weiß ich selbst nicht."
Stefanos grinste.
„Wahrscheinlich hat er ein Eigenleben!"
„Sehr witzig. Dir ist aber schon klar, dass …"
„ … niemand davon erfahren darf. Klar. Wer
würde mir schon glauben?"
„Niemand – außer vielleicht Daniel", seufzte
Angelos.
„Ich würde nie etwas tun, was dir schadet",
sagte Stefanos. „ und jetzt erklärst du mir, dass
das ein einmaliges Ereignis war."
„Es geht nicht anders. Tut mir leid", sagte
Angelos.
Doch Stefanos lächelte.
„Und manchmal öffnen sich Türen, die
verschlossen scheinen. Ciao, Schöner!"
Dann stieg er aus.
Siebzehn, dachte Angelos. SIEBZEHN. Und doch
abgebrüht wie ein Großer.

Kommissar Nikakis fuhr nach Hause, doch das,

was sich eine Stunde zuvor ereignete hatte, beschäftigte ihn.

Wie konntest du nur!

Warum? Daniel ist abgehauen, aus – gestern noch unberechtigter – Eifersucht.

Er fuhr die Kurven hoch auf das Plateau und wollte links abbiegen nach Kalo Livadi. Plötzlich hörte er lautes Hupen und quietschende Reifen.

„Malakka", schrie der Fahrer des Autos, das er übersehen hatte. „Du dummes Arsch … Angelos?"

Es war Christos Milonas, Mitglied der Freiwilligen Feuerwehr.

„Signomi, Christos. Ich war mit meinen Gedanken woanders!"

„Offensichtlich. Fünfzig Zentimeter und wir wären über den Hades geschippert. In Einzelteilen. Soll ich dich nicht lieber nach Hause fahren?"

„Danke, Christos. Die fünfhundert Meter schaffe ich schon. Sorry nochmal."

Wütend auf sich selbst fuhr er weiter.

Es reicht. Konzentriere dich auf deinen Fall.

Tanos auf den Felsen.

Abus Mann in Ano Mera.

Vafiadis, der alles übernehmen will.

Abu, der nur noch schwer zu bremsen war.

Und eine bevorstehende Razzia in Piräus.

Es gibt genug zu tun.

Da brummte Angelos´ Handy.
Eine Textnachricht von Daniel:

Ich habe überreagiert. Tut mir leid. Vergessen
wir es einfach. Frieden?

Kommissar Angelos Nikakis lächelte.
Vergessen wäre sicher die beste Strategie.

18

Markos Tanos saß wie immer am
Computer, als Stefanos das Penthouse
betrat.
„Und?, fragte Markos und grinste. „Plan
aufgegangen?"
Stefanos grinste.
„Oh ja."
„Du hast den Herrn Kommissar erlegt?", fragte
Markos und lachte. „Hätte ich nicht gedacht.
Seine Beziehung schien doch in Ordnung."
„Tja. Die beiden haben sich gestritten und
Daniel ist abgehauen. Ich hatte freie Bahn",
sagte Stefanos und sprang auf die Couch.
„Und wie war es?"

„Schon mal was von Diskretion gehört? Aber so viel sei verraten: groß. Unfassbar groß. Meine Kiefergelenke knirschen jetzt noch."

Markos lachte.

„Und wie geht es weiter?"

„Ich warte auf die nächste Gelegenheit. Gewehrt hat er sich nun wirklich nicht."

„Übrigens: auf dem Tisch liegt Post für dich!" Stefanos stand auf und öffnete den Brief.

„JA! JA! JA! Vom Gericht. Ich bin jetzt dein Erziehungsberechtigter. Und ich habe Prokura!" Stefanos klatschte in die Hände und ging zur Türe.

„Was machst du?", fragte Markos.

„Was wohl? Ich gehe nach unten und feuere die russische Schlampe!"

19

Piräus

Antonis Zagourakis tobte.
Sein Gegenüber hingegen amüsierte sich.

Das ganze Polizeipräsidium in Piräus lauschte, denn das Gebrüll war nicht zu überhören.

„Was bildet sich der Typ ein? Das ist mein SWAT-Team. Ich bin der Chef. Hier gibt es keine Razzias ohne mich!"

„Razzien, mein Lieber. Es ist entschieden. Die Razzia heute Abend im Hafen wird geleitet von Kriminaldirektor Nikakis", sagte Michales Koronaios, Polizeipräsident von Piräus.

Die Nennung des Dienstgrades hatte nicht zur Beruhigung von Zagourakis geführt.

„Und überhaupt: wie kann man mit 33 Kriminaldirektor sein? Da ist doch gemauschelt worden. Bestimmt steckt Siopsis dahinter!"

Siopsis war der Polizeipräsident von Athen.

„Außerdem ist er … na ja, Du weißt schon!"

Koronaios grinste.

„Probleme, das Wort auszusprechen? Es heißt schwul. Und es ist vollkommen unerheblich für seinen Beruf und seine Laufbahn. Außerdem bist du sicher nicht in Gefahr. Du hast mindestens 15 Kilo Übergewicht und bist zu alt!"

Zagourakis war sprachlos.

„Schön, wie du mich unterstützt!"

„Ganz ruhig. Nikakis ist Kriminaldirektor. Ober sticht Unter. Außerdem hast du Recht: Siopsis hat mich angerufen. Und? Nikakis hat in Athen, Saloniki und auf Mykonos zahlreiche Fälle gelöst. Er hat Erfahrung mit Razzien mit Schusswechseln. Zudem hängt die Sache mit zwei Mordfällen auf Mykonos zusammen. Der Hauptverdächtige wird heute Abend anwesend sein. Aus polizeilicher Sicht ist es mehr als sinnvoll, dass die Aktion von Nikakis geleitet wird!"

„Er kennt die Örtlichkeiten doch gar nicht", protestierte Zagourakis ein letztes Mal.

„Unsinn. Er ist hier geboren!"

Zagourakis gingen die Argumente aus.

„Und außerdem ist er Olympiakos-Fan", meinte Koronaios und grinste.

„Oh. Das ändert natürlich alles. Ein Rot-Weißer ist hier immer willkommen", sagte Zagourakis und verließ das Büro des Polizeipräsidenten.

Koronaios schüttelte den Kopf.

Den Fanatismus in dieser Stadt würde er nie verstehen.

20

Angelos Nikakis stand mit Daniel auf dem Dach des Präsidiums in Piräus. Angelos rauchte eine seiner blauen Gauloises.

„Bereit?", fragte er.

Daniel nickte.

Sie gingen hinunter und betraten den Besprechungsraum, in dem zwölf Mann saßen.

„Irgendjemand Panathinaikos-Fan? Der kann gleich gehen", sagte Angelos.

Die Männer lachten.

„Gut. Es wird ein typischer Drogenzugriff mit bekanntem Szenario. Der Lieferant kommt zuerst und fährt in die Halle. Um 22 Uhr kommt der Käufer. Übergabe. Zugriff. Auf keinen Fall vorher. Wir brauchen unbedingt Audiodateien, aus denen hervorgeht, dass es sich nicht um eine Lieferung Baklava handelt.

Der Hauptverdächtigte ist dieser Mann."

Er deutete auf eine Pinnwand mit einem Foto von Vafiadis.

„Nachdem sein Konkurrent auf Mykonos ermordet wurde, höchstwahrscheinlich von ihm, versucht er nun, das Drogengeschäft auf der Insel zu übernehmen. Und das ist mehr als einträglich, wie Sie sich vorstellen können", sagte Angelos. „Wegen der Querverbindung zu Mykonos bin ich der Leiter der Operation. Aber ich gebe lediglich das Startsignal. Den Zugriff übernimmt natürlich ihr Chef, Zagourakis. Einziger Unterschied: wir haben mit meinem Ehemann Daniel einen Scharfschützen, der Sie absichert. Er sieht zwar friedlich aus, aber er hat eine Scharfschützenausbildung bei der israelischen Armee absolviert. Und er hatte mehr Einsätze als ihm lieb war!"

„Eine Frage", begann Zagourakis. „Wenn Sie Audios brauchen, müssen wir vorher in den Schuppen, um Geräte zu platzieren."

„Nein, zu riskant", antwortete Angelos.

„Ah. Sie haben einen Informanten, der verkabelt ist!"

„Nein. Besser!"

Angelos Nikakis öffnete eine kleine Schachtel und holte ein bräunliches Etwas heraus.

Es sah aus wie eine überdimensionierte Wespe.

„Was zum Teufel ist das?", fragte Zagourakis.

„Die neueste Drohne auf dem Markt. Wenn der

Lieferant in die Halle fährt, werde ich sie hinein-
steuern. Sie kann zwei Stunden an Ort und Stelle
verharren und Bild und Ton liefern", sagte
Angelos.
Zagourakis und seinen neun Männer starrten
die kleine Drohne an, als wäre sie eine
außerirdische Kreatur.
„Woher haben Sie das Ding? Und warum
bekommen wir sowas frühestens in 50 Jahren?",
fragte Zagourakis.
Angelos lächelte.
„Nun. Auf Mykonos treffen die Entwickler
solcher Dinge ihre potentiellen Kunden. Wenn
man dazwischenfunkt, kommt man an solche
Wunderwerke. Sie dürfen nur nicht den Fehler
machen, solche Dinge in die Asservaten-
kammer zu bringen!"
Die Männer lachten.
„Zagourakis, was können Sie mir über den
Eigentümer von Schuppen 19 erzählen?"
„Nun: Giorgios Tsipras. Eigentümer einer Import-
firma. Spezialisiert auf Güter aus China und den
Philippinen. Kein Strafverfahren, nicht mal eine
Steuerprüfung. Dass er jetzt mit Drogen zu tun
haben soll, findet hier jeder erstaunlich.
Andererseits ist es das Importgut mit der höchs-
ten Gewinnspanne."
„Danke. Noch eines: dem Hauptverdächtigen,
Vafiadis, darf nichts geschehen. Selbst wenn er
eine Waffe zieht, versuchen Sie bitte, ihm in die
Beine zu schießen. Ich brauche ihn lebend!"

21

Angelos und Daniel saßen auf dem Dach von Schuppen 36, der direkt gegenüber von Schuppen 19 lag.
Zagorikis hingegen beobachtete das Geschehen vom Kommando-Van aus, der etwa 200 Meter entfernt zwischen zwei Containern stand.
„Ziemlich windig", sagte Daniel.
„Ist auf Dächern meistens so", antwortete Angelos und lächelte.
„Lach du nur. Ein Windstoß und unser Hummelchen zerschellt an der Wand."
„Fahrzeug nähert sich", hörten sie Zagorikis´ Stimme. „Wahrscheinlich Tsipras. Wartet. Bestätigt. Ist Beifahrer."
Jetzt sahen auch Daniel und Angelos den Van, der vor dem Schuppen hielt.
„Hummelchen" war in Warteposition zehn Meter über dem Boden und wartete auf das sich öffnende Tor.
Plötzlich schmierte die Drohne ab.
„Scheiße. Hilf mir", sagte Angelos und gab Daniel den Joystick.
Und tatsächlich brachte Daniel das „Hummelchen" in eine stabile Lage und dann zwischen den Torhälften in den Schuppen hinein.
„Fallwind", meinte Daniel lapidar. „Die Straßen mit den Schuppen sind wie Windkanäle. Jetzt steht sie über dem Van."

„Das Bild ist perfekt", sagte Angelos, „Und auch der Ton ist einwandfrei."
Angelos hörte die ersten Gesprächsfetzen.

Wann kommt denn unser Großkunde?
Um 22 Uhr.
Warum so spät? Hat der keine Familie?
Na ja. Ist keine kleine Lieferung. Und der Kunde ist König.

„Beta nähert sich. Weißer Van. Kennzeichen Ermoupolis. Voll getönte Scheiben", tönte es über den Knopf im Ohr.
„Er kommt zu einem Drogendeal mit einem Fahrzeug, das auf ihn zugelassen ist? Ganz schön dreist", sagte Angelos.
„Finde ich nicht. Wird es brenzlig, ist es immer besser, das Auto zu haben, das man kennt. Er hat den Fahrer mit der Fähre vorgeschickt und ist selbst geflogen. Ich finde nichts daran seltsam", erwiderte Daniel.
Das Tor öffnete sich und der Van fuhr in die Halle.
„Showtime", sagte Angelos. „Süßer, die Drohne muss niedriger fliegen und von der Seite filmen. Wir brauchen sein Gesicht!"
„Aye aye"
Und dann geschah etwas Seltsames.
Die Tore schlossen sich nicht.
Kommissar Nikakis war verwirrt.
Eine Drogenübergabe bei offenen Türen mit Festbeleuchtung?
Andererseits war der Hafenbereich menschen-

leer.

Dann begann das Gespräch im Inneren.

„Vafiadis! Lange nicht gesehen", sagte der Mann, der offensichtlich Tsipras war.

„Ich meide Piräus und Athen. Dreckslöcher", knurrte Vafiadis.

Tsipras lachte.

„Ohne uns hättet ihr weder was zu essen noch Wasser!"

„Lassen wir das Geplänkel. Wo ist die Ware?", fragte Vafiadis.

„Nicht hier drin. Zu wenig Platz!"

Kommissar Nikakis grinste. Es musste eine große Menge sein.

„Herrgott, ich habe keine Zeit für eine Führung oder eine Hafenrundfahrt", bellte Vafiadis.

„Beruhige dich. Die zwei Container stehen neben dem Schuppen!"

Angelos Nikakis entdeckte die zwei Frachtbehälter auf der östlichen Seite.

Dann geschah das Unerwartete.

Der Kopf von Vafiadis zerbarst.

„Was zum T ...", fluchte Angelos. „Zugriff!"

Er und Daniel rannten die Treppen von Halle 36 hinunter, dann über die Straße hinein in Schuppen 19. Das SWAT-Team hatte alles unter Kontrolle. Alle am Deal Beteiligten lagen auf dem Boden.

Durch die Wucht des Geschosses war der Körper von Vafiadis nach hinten gefallen.

„Nicht viel übrig", meinte Daniel trocken.

„WER HAT HIER GESCHOSSEN?", brüllte Angelos.

„Von uns keiner", sagte Zagourakis.

„Habt ihr die schon überprüft?", fragte Angelos und zeigte auf die Männer am Boden.

„Kein Waffen. Nichts. Nada."

„Das war ein Scharfschütze", sagte Daniel lapidar.

„Der hätte nur von unserer Position schießen können", knurrte Angelos.

„Nein. Vom obersten Fenster wäre es gegangen. Dann hätte er aber vor uns da sein müssen. Außerdem war der Raum mit einer Stahltüre gesichert."

„Wer hätte es vorher …"

Kommissar Nikakis kannte die Antwort.

Abu. Von ihm stammte der Hinweis auf den Schuppen.

„Gut. Klären wir nachher. Zuerst die Ware. Machen wir die Container auf!"

Einer der SWAT-Männer durchtrennte die Versiegelung und öffnete die Türe des Containers.

Er war voll mit großen Kartons, auf denen nur chinesische Schriftzeichen zu sehen waren.

Ganz unten stand *disher*.

Kommissar Nikakis öffnete den vordersten Karton und entfernte die Styropor-Verkleidung.

Es war eine Spülmaschine.

Nikakis öffnete sie. Sie war leer.

„Die Razzia des Jahrhunderts. Polizei beschlagnahmt 25 Geschirrspüler", sagte Zagourakis und grinste.

„Klappe. Alle Kartons öffnen. Und holt mir Tsipras", bellte Kommissar Nikakis.

„Irgendetwas läuft hier gewaltig schief. Selbst wenn uns irgendjemand verarschen wollte: warum tötet man dann Vafiadis?", sagte Daniel leise.

„Das ist die Millionenfrage", antwortete Angelos.

Mittlerweile stand der gefesselte Tsipras an der Containertüre.

„Was sollte das alles? Was habt ihr denn erwartet? Drogen? Da seid ihr bei mir an der falschen Adresse. Und bei Vafiadis auch."

„Warum übergibt man zwei Dutzend Spülmaschinen mitten in der Nacht? Kann man die nicht einfach nach Mykonos liefern?", fragte Angelos Nikakis.

Tsipras lachte.

„Erstens ist … war Vafiadis sparsam und wollte die teure Frachtgebühr nicht bezahlen. Mit einem Gecharterten wäre es billiger gewesen. Zweitens ist es B-Ware aus China. Unverzollt. Ohne Mehrwertsteuer. Und wir sind hier noch im Freihafen. Von meiner Seite aus völlig legal. Das Risiko musste schon Vafiadis tragen. Das hat er nun von seinem Geiz. Darf ich jetzt gehen?"

Tatsächlich waren die meisten Kartons mittlerweile geöffnet worden. Nichts als Geschirrspüler.

„Ich glaube, wir können abrücken", meinte Zagourakis mit einem breiten Grinsen im

Gesicht.

„Gehen wir zurück zu unserem Schuppen. Vielleicht hat der Schütze etwas zurückgelassen", sagte Kommissar Nikakis.

„Sicher nicht. Nicht, wenn er ein Profi war", entgegnete Daniel.

„Danke für deinen Optimismus", knurrte Angelos.

22

Angelos Nikakis ließ sich auf das Bett fallen.

Daniel grinste.

„Natürlich ist mir das hier lieber als ein *Motel One*, aber das *Grand Bretagne*? Ich frage lieber nicht, was das Zimmer kostet."

„Nichts. Ich habe dem Direktor bei einem familiären Problem geholfen. Also? Was denkst du über diesen Schlamassel?"

„Nun. Nur einer kannte den Ort der, äh, Übergabe. Schuppen 19. Und damit auch den perfekten Standort für einen Scharfschützen. Abu. Hat Abu Vafiadis erschießen lassen, um sich eines Konkurrenten zu entledigen? Sehr wahrscheinlich. Hat er gewusst, dass die Ware keine Drogen sind? Glaube nicht. Abu interessiert sich nur für Drogen. Und Spülmaschinen

stellen keine Bedrohung dar", sagte Daniel.
„Das Wort Spülmaschine wird sofort aus jeder
Konversation gestrichen", knurrte Kommissar
Nikakis.
„Jedenfalls haben wir ein großes Problem. Unser
Hauptverdächtiger für die beiden Morde an
Stefanos´ Vater und Abus Mitarbeiter ist tot.
Nun könnte man sagen, die beiden Fälle
haben sich damit erledigt. Wenn Abu der
Mörder von Vafiadis ist, wirst du es auf sich
beruhen lassen, zumal du hier praktischerweise
nicht zuständig bist."
„Abu hat versprochen, nichts zu tun. Gut, er
war tatsächlich ziemlich angefressen, aber es
sieht ihm nicht ähnlich, eine Abmachung zu
brechen. Und warum sollte er Vafiadis
umbringen, wenn er gewusst hätte, dass die
Ladung aus Spülmaschinen besteht?"
„Du meinst, er wurde genauso verarscht wie
wir? Er wurde benutzt und so gesteuert, dass er
Vafiadis töten lässt? Das wird ihm gar nicht
gefallen", sagte Daniel.
„Oder aber es ging doch um Drogen und er
hat sich die Ladung schon vorher geschnappt"
Daniel schüttelte den Kopf.
„Dann würde Tsipras nicht mehr leben. Im
Übrigen war Tsipras sehr überrascht davon, dass
wir glaubten, in dem Container seien Drogen.
Glaubhaft überrascht!"
Angelos Nikakis schlug mit den Fäusten auf die
Matratze.
„Es ist zum Ausrasten. Ok. Was macht ein

Kommissar, der nicht mehr weiterkommt?"

„Er schläft mit seinem Ehemann zwecks Kopfbefreiung?"

„Doofkopf! Er kehrt zurück zu den Fakten. Zwei der vermögendsten Männer auf Mykonos werden ermordet. Der Drogenhändler hätte keinerlei Motiv. Sein Geschäft läuft besser denn je. Vielmehr sieht es so aus, als hätte man ihn auch verarscht. Schlussfolgerung: es ..."

„ ...gibt eine dritte Partei", ergänzte Daniel.

„Klingt zwar logisch, bringt uns aber nicht weiter. Denn wer sollte das sein?"

Das Handy klingelte.

„Und? War die Razzia erfolgreich?", fragte Maria.

„Nächste Frage", knurrte Angelos.

„Gut. Aber ich habe etwas für dich. Tanos´ Frau – oder besser Ex-Frau – hat sich über einen Rechtsanwalt bei Richter Mantzaris gemeldet. Sie erhebt Anspruch auf das Erbe!"

Angelos Nikakis war sprachlos.

„Sie hat Tanos samt ihrer Kinder sitzen lassen", sagte er. „Ganz schön dreist!"

„Spielt juristisch keine Rolle, meint jedenfalls der Richter. Nicht beim Pflichtteil – und der beträgt fünfzig Prozent. Nicht schlecht", sagte Maria.

„Und wo ist die Dame überhaupt?", fragte Angelos.

„Sie kommt morgen zu Richter Mantzaris!"

„Na da bin ich mal gespannt. Sonst noch etwas?"

„Oh ja. Gerüchte", sagte Maria.

„Lieblingssport der Mykonier", knurrte Angelos.
„Sei froh. Mitunter ist das die beste
Informationsquelle!"

23

Es war zehn Uhr morgens, als Angelos
Nikakis aufstand, während Daniel noch
schlief.
Leise zog er sich an, verließ das Haus und ließ
das Auto einfach die Straße hinunterrollen.
Sein Ziel: Kalafati.

Angelos Nikakis betrat die Terrasse und da lag
er: Stefanos räkelte sich auf einem Sunbed.
Ein gewisses Kribbeln erfasste den Kommissar.
Geh. Jetzt. Sofort.
Stefanos strahlte, als er Angelos sah.
„Mein Schöner! Du besuchst mich wirklich!"
„Nun. Es ist zumindest zur Hälfte dienstlich",
sagte Angelos.
„Was bedeutet, dass die andere Hälfte mich
unbedingt sehen wollte", meinte Stefanos
Tanos.
Angelos lachte und setzte sich mit auf das
Sunbed.
„Wusstest du, dass deine Mutter wieder
aufgetaucht ist?"
„Was glaubst du wohl. Das Gerücht war schon

hier, bevor die Maschine gelandet ist", sagte Stefanos und lächelte.

Sein Lächeln. Die Augen. Geh, Angelos, geh!

„Sie erhebt Ansprüche auf ihren Pflichtteil. Dein Erbe."
„Dass meine Mutter das Wort Pflicht überhaupt in den Mund nimmt. Die eigenen Kinder sitzen lassen … und dafür wird sie auch noch belohnt?"
„Nun. Es gibt die sogenannte Erbunwürdigkeit. Aber bis das vor Gericht ausverhandelt wird, vergehen Monate", sagte Angelos.
„Das macht nichts. Wie gesagt: ich will es selber schaffen. Sie will einen Teil des Geldes? Bitte schön. Dann kann sie sich in Doha noch fünfzig Handtaschen für 20.000 Euro kaufen, die in der Herstellung gerade mal fünfzig kosten."
Nach einer kurzen Pause fügte er hinzu:
„Ich habe alles, was ich brauche. Und was ich am meisten brauche, sitzt gerade neben mir."
Stefanos legte den Arm um Angelos.

Seine Augen – und jetzt auch noch sein Geruch.

Plötzlich packte Angelos Stefanos, warf ihn auf das Sunbed und begann ihn zu küssen. Er zerriss Stefanos´ Leinenhemd. Angelos´ Hände wanderten in Richtung Green Zone und auch Stefanos war wieder in seinem Land der

Träume.

Plötzlich riss sich Angelos los und stand auf, vollkommen außer Atem.

„Sorry. Ich hätte das nicht tun sollen!"

„Da bin ich dezidiert anderer Meinung", sagte Stefanos.

Angelos musste lachen.

„Ich ... äh ... geh dann mal!", sagte er und lief zur Terrassentüre.

„Du solltest noch etwas warten, sonst geht die Aufzugtüre nicht zu", meinte Stefanos grinsend.

„Sicherheitshalber warte ich hier", sagte Angelos.

„Schade. Ich hoffe, es gibt eine Fortsetzung? Und pass dieses Mal auf den Verkehr auf", sagte Stefanos.

Angelos hielt inne.

„Woher weißt du ...?"

Stefanos lachte.

„Christos wohnt zwei Häuser weiter!"

„Aber ..."

„Keine Angst. Ich habe nichts gesagt. Es bleibt unser Geheimnis!"

Als Angelos den Aufzug betrat und sich die Türen geschlossen hatten, drückte er den roten Knopf.

Er starrte den unbekannten Mann an, den er im Spiegel sah.

Was sollte das?
Das war pure Raserei.
Du musst solche Situationen meiden, hörst du?

Er liebt dich. Ein Siebzehnjähriger liebt dich!
SIEBZEHN!
Und was empfindest du?
Wenn ich das wüsste.
Die Antwort hast du gerade selbst gegeben,
Angelos! Dort oben auf dem Sunbed.

Stefanos hingegen war selig. Plötzlich stand
sein Bruder Markos neben ihm.
„Der Herr Kommissar kann dir offensichtlich
nicht widerstehen. Wie ein wilder Stier. Allerdings möchte ich keine nähere Bekanntschaft
mit seinem Fahnenmast machen. Autsch!"
„Ich schon. Und dann weht dort meine Fahne",
sagte Stefanos und sprang in den Whirlpool.

24

Gut, dass ihr etwas früher kommt. So
haben wir noch etwas Zeit. Es gibt
nämlich Neuigkeiten", sagte Richter
Mantzaris.
Noch etwas verschlafen nahmen Angelos und
Daniel Platz auf den harten Stühlen im Amtszim-
mer des Richters.
„Bitte nur einfach Sätze", brummte Kommissar
Angelos Nikakis.
Richter Mantzaris schmunzelte.

„Soll ich den Coffee-delivery-Service rufen? Die liefern sogar an den Strand!"

„Danke, nein. Was gibt's?"

„Rezula Tanos kommt in einer Viertelstunde. Da Christos sich nicht scheiden lassen konnte, ist sie rechtlich immer noch seine Frau – oder jetzt seine Witwe", sagte Mantzaris.

„Wie bitte? Er konnte sich nicht scheiden lassen? Die Frau ist über Nacht verschwunden. Hat ihn und ihre Kinder sitzen lassen", meinte Angelos.

„So ist das mit unserem Scheidungsrecht. Die Juristerei hat oft wenig mit gesundem Menschenverstand zu tun. Von Gerechtigkeit ganz zu schweigen. Ich sitze hier, um das Schlimmste zu verhindern", sagte der Richter mit einem Schmunzeln.

„Er hätte sie für tot erklären lassen können. Den Wisch hätte er von mir bekommen. Ergo: ihr Erbanspruch ist grundsätzlich zulässig."

„Und die Erbunwürdigkeit?", fragte Daniel.

„Schwierig. Ein Gutachten, das ihr zum Zeitpunkt des Verschwindens irgendeinen psychischen Notstand attestiert, ist schnell erstellt. Dann braucht es ein Gegengutachten. Heißt: es dauert. Die gute Nachricht ist, dass Stefanos und Markos mindestens je 25% Prozent bekommen."

„Stefanos meinte, es wäre ihm egal", sagte Angelos.

„Weil ihm etwas anderes wichtiger ist", meinte Daniel.

„Geht das jetzt schon wieder los?", knurrte Angelos.

„Seid ihr fertig? Der eigentliche Paukenschlag kommt jetzt erst. Vafiadis hatte sein Testament beim Nachlassgericht deponiert."

„Das heißt: bei dir?", fragte Angelos, plötzlich hellwach.

Mantzaris nickte.

„Und jetzt haltet euch fest: Die Dame erbt auch von Vafiadis! 25 Prozent!"

„Bitte was? Was hat die Ex-Frau von Tanos mit Vafiadis am Hut?"

„Die Liebe. Die alte Varoufakis …"

Angelos verdrehte die Augen.

„Man nennt sie Radio Mykonos", erklärte Angelos in Richtung Daniel.

„Die Dame Rezula war zunächst mit Vafiadis liiert. Er war total verknallt. Fast hörig, sagt …"

„Radio Mykonos", fügte Angelos hinzu.

„Dann lernte Rezula bei einer Cocktailparty im Hause Vafiadis Christos Tanos kennen. Drei Monate später packte sie ihre Koffer und zog zu Christos. Da sie nicht verheiratet war …"

„Na dann verstehe ich, warum Vafiadis Tanos hasste!"

„Vafiadis kam nie darüber hinweg. Er hat zwar später geheiratet und einen Sohn bekommen, aber das war keine Liebesheiratet. Geliebt hat er immer nur eine: Rezula!"

„Wow. Der Fall wird immer verrückter", stöhnte Angelos Nikakis.

„Es wird noch besser: Vafiadis hat ihr 25 Prozent

hinterlassen. Den gleichen Erbteil wie seinem leiblichen Sohn!"

„Was bedeutet: sie hat in Bezug auf die Morde ein Motiv. Und zwar ein starkes", sagte Angelos.

„Dann verstehe ich aber nicht, warum sie hier erscheint!"

„Ganz einfach: sie weiß noch nichts über das Ableben von Vafiadis, geschweige denn von seinem Testament", sagte Richter Mantzaris.

„Sie glaubt, es gehe nur um das Erbe von Christos."

„Können wir sie auf der Insel festhalten? Woher kommt sie eigentlich?"

Mantzaris lächelte.

„Es hat Vorteile, wenn man schon um acht Uhr mit der Arbeit anfängt. Der Flughafen meint, sie wäre aus Doha gekommen. Nicht nur umgestiegen, denn das Gepäck wurde dort eingecheckt. Dennoch: mit welcher Begründung sollte ich sie hier festhalten? Erben ist kein Verbrechen. Die Umstände und die Verbindungen sind zumindest seltsam …"

„Ich hätte eine Idee. Du könntest ihr zwar vom Ableben von Vafiadis erzählen, auch vom Testament, aber die Eröffnung um drei oder vier Tage verschieben. Lass dir eine Erklärung einfallen. Irgendeinen Verwandten, der erst aus Timbuktu einfliegen muss. Das würde uns etwas Zeit verschaffen", sagte Angelos.

„Gut", sagte Richter Mantzaris. „Drei Tage!"

„Ihr macht beide einen Denkfehler. Wenn die Dame Tanos nichts von dem Testament weiß, in

97

dem sie bedacht wurde, hat sie auch kein Motiv. Und bei Christos Tanos bleibt die Frage, warum sie zehn Jahre wartet", sagte Daniel.

„Zu letzterem: Rache ist ein Gericht, das man kalt serviert. Zu Vafiadis: dass sie nichts von dem Testament weiß, ist eine Vermutung", entgegnete Angelos. „Lassen wir sie doch erst kommen.

Es war 12 Uhr 30.

Mantzaris ging zum Fenster.

„Das muss sie sein! So stelle ich mir eine reiche Witwe vor!"

„Aber reich wird sie doch erst", sagte Daniel.

„Schau einfach genau hin", meinte Angelos. Und tatsächlich sah Rezula Tanos so aus, als lebe sie im Überfluss. Frisch frisiert, weißes Kleid, Tasche von Hermes, Schuhe mit hohen Absätzen. Klack-klack.

So marschierte sie in das Richterzimmer hinein. Nein: sie erschien – mit der Aura von Reichtum.

„Guten Tag, die Herren. So ein großes Aufgebot. Sie sind sicher der Richter", sagte sie zu Richter Mantzaris. „Und die anderen Herren?"

„Sind von der Kriminalpolizei. Angelos und Daniel Nikakis!"

„Brüder bei derselben Dienststelle?"

„Nein. Verheiratet. Aber unser Familienstand ist hier nicht das Thema", sagte Kommissar Nikakis.

„Nun, meiner auch nicht: ich bin Witwe", meinte Rezula Tanos.

„Tja, offensichtlich sind Sie Doppel-Witwe",
meinte Richter Mantzaris süffisant.

Die Dame machte ein verwirrtes Gesicht.

„W-was bitte meinen Sie?"

„Dass Sie voraussichtlich die Erbnehmerin Ihres
Mannes sind – das wissen Sie bereits."

„Wieso voraussichtlich?"

„Wenn die Ursache des Todes nicht zweifelsfrei
feststeht und sogar eine Mordermittlung läuft,
passiert erstmal nichts!"

„Mord??", rief Rezula laut.

„Sie haben schon richtig gehört", sagte
Angelos und grinste.

„Zweitens ist auch ein gewisser Herr Vafiadis
verschieden. Ebenfalls Mord. Kopfschuss. Mit
beiden waren Sie liiert. Beide sind nun tot. Und
jetzt kommt –trara – die Überraschung: auch
Vafiadis hat Sie im Testament bedacht", sagte
Angelos.

„W-was? Vafiadis …tot? Und ich soll etwas von
ihm erben?"

„Ja. Seltsam, nicht? Sie haben Vafiadis
verlassen und seinen Erzfeind geheiratet – und
doch hinterlässt er Ihnen 25 Prozent."

„Ach – und Sie denken, ich hätte etwas damit
zu tun?"

„Der Gedanke kam uns", meinte Angelos
knapp.

Rezula Tanos lachte laut.

„Da sind Sie auf dem Holzweg. Mein jetziger
Partner ist Ramadan Sobhi. Einer der größten
Bauunternehmer Ägyptens. Wie Sie vielleicht

wissen, lässt Präsident Sisi gerade eine neue Hauptstadt bauen und viele Aufträge gingen an die Firma meines Lebensgefährten. Dadurch ist er steinreich und wir leben in den Emiraten. Genauer: in Jumeirah Beach", sagte die Dame mit triumphierendem Gesichtsausdruck.

„Und? Reiche wollen immer noch mehr Geld. Die liebe Gier. Aber lassen Sie uns doch von vorne beginnen. Sie waren mit Vafiadis zusammen …", sagte Kommissar Nikakis.

„Gott, das ist Jahrhunderte her. Ja, es stimmt. Auf einer Cocktailparte im *Leto´s* hat er mir Christos Tanos vorgestellt. Es hat sofort gefunkt. Der größte Fehler meines Lebens, aber ich habe es zu spät bemerkt. Da war ich schon mit Christos verheiratet und schwanger. Wie das passieren konnte, weiß eh keiner", sagte sie mit sarkastischem Unterton.

„Wie meinen Sie das?", fragte Angelos.

Sie druckste herum.

„Also gut: Christos Tanos hatte den kleinsten Penis der Welt. Der Sex war ein Desaster. Ich gab es irgendwann auf. Danach hat er dann so ziemlich jede Küchenhilfe und jedes Zimmermädchen bestiegen. Aber wahrscheinlich haben die auch nichts gespürt. Unsere Ehe war eine Farce, aber nicht nur sexuell. Er hatte keinerlei Interesse an den Dingen, die für mich wichtig waren. Als die Kinder älter waren, bin ich gegangen. Mit ein paar Tausend Euros, die übrigens mir gehörten.

Ich bereue es nicht. Um die Kinder würde sich

eine Nanny kümmern, viel besser als ich es je hätte tun können. Und zu Vafiadis: Ja, er hat mich trotzdem weiterhin geliebt. Seine Ehe war eine Zweckehe, die Tochter eines Hoteliers. Das betreffende Hotel wollte Vafiadis schon immer haben. Also hat er es quasi erheiratet. Jedenfalls ließ er mir zu jedem Geburtstag Blumen schicken. Mit Karte. Wie gesagt, er liebte mich noch immer. Deswegen hat er mich wahrscheinlich in seinem Testament bedacht."

„Routinefrage: wo waren Sie die letzten sieben Tage?", fragte Angelos Nikakis.

„In Dubai, in unserem Resort. Es gibt nur eine Zufahrt, mit Kameras gespickt. Sie werden sehen, dass ich jeden Tag zu kriminellen Taten aufgebrochen bin. Im Nagelstudio. Beim Friseur. In der Marina Mall."

„Frau Tanos, der Papierkram dauert ein paar Tage. Wenn Sie bitte noch so lange bleiben könnten, denn die Unterschrift muss in einem griechischen Gericht erfolgen", sagte Richter Mantzaris.

„Wenn es denn sein muss", antwortete die Dame, stand auf und klackerte hinaus.

„Wäre ich nicht schwul ...", sagte Angelos, „würde ich es bei der werden. Nie gearbeitet, lebt auf Kosten ..."

„...einfältiger Männer. Aber sie war tatsächlich perplex, als sie von Vafiadis´ Tod erfuhr", meinte Richter Mantzaris. „Außerdem ist sie schon reich. Warum sollte sie dieses Leben durch einen Mord – oder gar zwei – gefährden?"

Widerwillig stimmte Kommissar Nikakis zu.

„Gut. Dann fangen wir wieder bei null an. Und zwar ausschließlich mit Fakten. Zum Mord an Tanos. Keine Zeugen, keine Videos. Cui bono? Seine Frau. Aber sie hat kein Motiv. Und ein kleiner Schwanz ist kein Mordgrund."

„Ein großer schon? Dann wärst du schon längst Geschichte", meinte Daniel.

Mantzaris lachte laut.

„Wer profitiert noch? Die Söhne Stefanos und Markos. Beide haben aber ein Alibi und zwar doppelt durch unsere und hoteleigene Videos. Zudem hätten beide nichts von dem Erbe. Beide sind minderjährig und erben zunächst nichts. Das Geld ginge an einen Treuhänder."

„Darf ich euch daran erinnern, dass ihr Stefanos für volljährig erklärt habt?", ging Daniel dazwischen.

„Aber erst nach dem Mord. Abhaken. Bleibt Vafiadis. Tanos war sein Erzfeind und Konkurrent. Seit dem Gespräch mit Tanos´ Ehefrau wissen wir, dass es auch eine persönliche Komponente gab. Zudem wollte Vafiadis vielleicht Tanos´ Betriebe übernehmen, davon ausgehend, dass keiner der Erben an einer Fortführung interessiert war. Damit hätte er auch die Kontrolle über alle Verkaufsstellen für Koks gewonnen. Er denkt sich, dass er eigentlich gleich das ganze Geschäft übernehmen könnte."

„Das ist jetzt aber wieder Theorie", hielt Daniel dagegen.

„Nein. Die These wird durch die von Abu abge-
hörten Telefonate gestützt", sagte Angelos.

„Gut. Es sieht so aus, als wäre Vafiadis
zumindest der Auftraggeber des Mordes an
Christos Tanos gewesen. Damit wäre dieser Fall
abgeschlossen. Ich wüsste auch nicht, woher
zusätzliche Informationen kommen könnten.
Eine Leiche ist selten geständig", meinte Richter
Mantzaris.

„Schwieriger ist der Fall bei Vafiadis. Hauptverdächtiger wäre Abu Bakar. Er fühlt sich
durch Vafiadis bedroht, einer seiner Mitarbeiter
wird ermordet. Er fühlt sich nicht mehr an die
Absprache mit dir gebunden und lässt Vafiadis
in Piräus ermorden."

Angelos Nikakis seufzte.

„Nur er wusste, in welchem Schuppen die
vermeintliche Übergabe der Drogen stattfinden
sollte. Aber haltet mich für naiv. Es passt nicht zu
Abu."

„Vielleicht bewertet du das Ehrgefühl eines
Drogenhändlers über?", gab der Richter zu
Bedenken. „Hast du ihn schon befragt?"

Angelos schnaubte.

„Ich war bis drei Uhr heute Morgen bei der
Razzia in Piräus, habe dann vier Stunden
geschlafen und musste dann hier vor dem
Hohen Gericht bei Euer Ehren erscheinen!"

Mantzaris schmunzelte.

„Deinem Ehemann fehlt der Schönheitsschlaf",
sagte er zu Daniel.

„Was sagt die Kripo in Piräus?"

„Was wohl? Die interessiert ein toter Mykonier nur bedingt. Sie sind sicher noch Wochen damit beschäftigt, über die Spülmaschinen-Razzia zu lachen", sagte Angelos mit düsterer Miene.

„Gut, aber wir interessieren uns für den Mord an einem Mykonier – also befrage ihn", ordnete Mantzaris an.

Angelos Nikakis nickte.

„Ach übrigens: Stefanos hat die Dokumente zurückgeschickt, aber auf einem Formular fehlt die Überschrift", sagte Mantzaris.

Er zeigte Angelos ein Blatt mit einem roten Kreuz über einem Strich, unter dem *Unterschrift* stand.

„Du kannst sicher auf dem Heimweg schnell bei ihm vorbeifahren. Ist ja nur eine Bucht weiter!"

Angelos nickte.

„Dann kannst du versuchen, Abu zu erreichen", meinte er zu Daniel.

25

Kommissar Angelos Nikakis erwischte exakt den richtigen Moment für seinen Besuch bei Stefanos Tanos.

Als Surferboy die Türe öffnete, kam jener offensichtlich gerade aus der Dusche.

Nur mit einem Handtuch begleitet.

Angelos schluckte.

Dieser Körper, an dem die letzten Tropfen Wasser abperlten und ihn durch das einfallende Licht fast leuchten ließen.

„Was starrst du mich so an?", fragte Stefanos und grinste.

„Das weißt du ganz genau, du kleiner Scheißkerl", sagte Angelos.

„Sagen wir es so: ich kann es schon deutlich sehen!"

Stefanos lächelte.

„Was gibt es Neues, mein Schöner?"

„Deine Mutter war bei Gericht und hat uns erklärt, dass sie deinen Vater unter anderem deswegen verlassen hat, weil er den kleinsten Schwanz der Welt hat", sagte Angelos.

Stefanos lachte laut.

„Wie du weißt, habe ich Gott sei Dank diesbezüglich nicht seine Gene."

„Und außerdem hast du auf den Papieren eine Unterschrift vergessen."

„Ooops. Wie nachlässig von mir!"

„Netter Versuch und noch dazu erfolgreich", sagte Angelos und schmunzelte.

In diesem Moment löste sich das Handtuch.

Angelos kämpfte gegen das Verlangen an. Zugegeben: nicht lange und schon gar nicht erfolgreich.

„Ich habe höchstens zehn Minuten", sagte er.

„Das ist eine Menge Zeit und außerdem explodiert dein Reißverschluss gerade!"

Eine Stunde später lagen beide erschöpft auf

dem Sunbed.

„Das .. nennt man wohl … Raserei", sagte Stefanos und hechelte.

„War es zu viel? Es tut mir leid. Ich hatte vergessen, dass …"

Aber Stefanos legte seinen Zeigefinger auf Angelos Mund.

„Es war perfekt, mein Schöner. Mein Unterleib ist noch ganz pelzig, aber ich denke nicht, dass ich in den Rollstuhl muss", sagte Stefanos und lachte. „Ich hoffe, dir hat es auch gefallen. Soviel Erfahrung habe …"

„Sei still. Es war fast zu schön", sagte Angelos. „Ich fürchte, ich möchte das öfter!"

Stefanos schmunzelte.

„Schon wieder? Ist mir nur recht. Auf zu Runde drei."

Eine weitere Stunde später dauerte es dann einige Minuten, bis beide wieder sprechen konnten.

„Darf ich dich ein paar Dinge fragen?", sagte Stefanos.

„Sicher", antwortete Angelos.

„Wie viele richtige Partner hattest du?"

„Vier. Partner eins war meine große Liebe. Alex. Er hat aus mir das gemacht, was ich heute bin. Ich war ein Wrack, als ich ihn kennengelernt habe."

„Warum bist du dann nicht mehr …"

„Er wurde ermordet, weil ich ein paar Minuten zu spät begriffen hatte, was vor sich geht.

Partner zwei war ein reiches Arschloch, das am Schluss mich umbringen wollte. Partner drei, Yariv, war im Grunde ein Volltreffer, aber es wurde mir irgendwie zu langweilig. Gleichzeitig tauchte Daniel auf und arbeitete über Monate daran, Yariv raus- und sich reinzubringen."

„Letztendlich erfolgreich", bemerkte Stefanos.

„Er ist voller Energie, intelligent und witzig. Glaube mir: das sind die entscheidenden Dinge in einer Beziehung."

„Aha. Dann probiere ich es mit *Methode Daniel*. Beharrlich. Denn – Achtung, peinlicher Moment: ich denke, ich habe mich verliebt", sagte Stefanos. „Und ich lasse dich auch nicht kalt!"

Angelos lächelte.

„Ach, Surferboy. Du bist 17. Ich 33 und verheiratet. Zugegeben: da ist etwas, was mich zu dir hinzieht. Aber es hat keine Zukunft. Du bist reich und wirst bald zwischen Dubai, London und Berlin hin- und herreisen. Überall werden dir gutaussehende Männer hinterherrennen. Du wirst dich verlieben und mich vergessen. Vielleicht das Beste, was dir passieren kann. Außerdem: ich habe einen Mord aufzuklären, einen Ehemann zu beruhigen und muss mich noch um meinen Liebhaber kümmern."

„Wieso nur ein Mord?", fragte Stefanos.

„Hab ich ganz vergessen: der Richter hat entschieden, den Mord an deinem Vater zu den Akten zu legen. Der Täter war wohl Vafiadis. Und da der nicht mehr greifbar ist, muss ich jetzt den Mörder des Mörders finden. Zeit, die ich bei einem 17-jährigen verbringen könnte", sagte Kommissar Angelos Nikakis.

„Bin ich ein typischer 17-jähriger?"

„Nein. Das bist du sicher nicht. Du bist erstaunlich weit für dein Alter", sagte Angelos.

„Würdest du mir wenigstens eine Chance geben? Denn: wann hattest du das letzte Mal drei Runden Sex an einem Nachmittag?"

Angelos grinste.

„Vier!"

Stefanos lachte.

„Dann brauche ich wohl doch morgen einen Rollstuhl!"

26

Leise öffnete Kommissar Angelos Nikakis die Haustüre. Noch immer hatte er keine Ausrede für die letzten drei Stunden.

Umso mehr war er erstaunt, als ihn ein lächelnder Daniel begrüßte.

„Da bist du ja. Hättest du mir keine SMS geschickt, hätte ich mir Sorgen gemacht. Was hatte denn die Dame Tanos noch so Wichtiges auf dem Herzen, das sie nur dir sagen konnte?"

„Ach, äh, nichts von Bedeutung, Zeitverschwendung. Ich brauche einen Espresso, du

auch?"
Angelos zweifelte an seinem Verstand.

Ich habe keine SMS geschickt.
Aber wer war es dann?
Nein. Niemand wusste, dass ich bei Stefanos war.
Oder habe ich doch selbst …?
Offensichtlich macht zu viel Sex wirr, beschloss er.
Äh, da wären noch die Gewissensbisse.
Nicht jetzt. Wenn ich mal ne Stunde Zeit habe.
Natürlich. Die freie Stunde würdest du bei Stefanos sein.

„Hast du Abu erreicht?", fragte Angelos.
„Jup. Er kommt in einer Stunde mit dem Heli!"
Tatsächlich kam Abu Bakar etwas früher. Und überhören konnte man ihn nicht. Die Sikorsky machte einen Höllenlärm und der Heliport lag nur etwa hundert Meter oberhalb des Anwesens von Kommissar Nikakis. Die Herren Scheichs hatten sich beschwert, dass sie ihr *Solymar* nur über die Straße erreichen konnten. Sagenhafte FÜNF Kilometer im Auto empfanden sie als Zumutung.
Für Angelos Nikakis war der Heliport beides: Zumutung und doch bequem. Ging es um Minuten, so war man mit einem Heli schnell beweglich. Im Juli, wenn der Verkehr stand, war es schlicht die einzige Möglichkeit vom Fleck zu kommen.

Und so spazierte Abu die Treppen hinunter, gekleidet als würde er das *Ritz* beehren.

Nach der üblichen herzlichen Begrüßung setzte man sich auf die Terrasse.

„Ein schönes Stück Land", sagte Abu. Er hatte sich hier schon immer wohlgefühlt.

„Also, Schöner, was hast du auf dem Herzen?"

„Immer direkt. Gut. Hast du Vafiadis in Piräus von einem Scharfschützen ermorden lassen?", fragte Angelos.

Abu entgleiste das Gesicht.

„Ist die Frage ernst gemeint?"

„Durchaus", sagte Angelos.

„Du hattest mich gebeten, nicht einzugreifen. Ich habe es versprochen. Allein die Frage ist eine Beleidigung."

„Du wusstest als Einziger, um welchen Schuppen es ging. Tatsächlich stammt die Information von dir!"

„Ja. Und dann hatte noch jemand diese Info: der Mörder. Woher? Keine Ahnung! Zufrieden?"

Angelos nickte.

„Ich musste dich fragen. Auftrag von Mantzaris. Und auch dich sollte die Frage beschäftigen. Wie kann eine solche Info nach draußen dringen?"

„Durch einen meiner Mitarbeiter, welcher aber zukünftig im Rollstuhl sitzen wird, nachdem ich ihm mit einer Eisenstange …"

Angelos hob die Hand.

„Wenn du es nicht warst, habe ich keinen Verdächtigen mehr. Wer sonst hatte Grund

110

Vafiadis zu töten? Ganz zu schweigen davon, dass wir bei der Razzia …"

„… nur Spülmaschinen gefunden haben. Ich weiß. Wir wurden verarscht. Vielleicht hat besagter Verräter in meinen Reihen für eine Person X gearbeitet, die sich die Drogen schon vor der Razzia geschnappt hat. Ein Container ist schnell ausgetauscht. Kran, hochheben …"

„Ich weiß, wie ein Kran funktioniert, Abu", knurrte Angelos.

„Sagen wir es so. Ich habe einen Hinweis darauf, wer hinter der Sache stecken könnte. Ich möchte aber, dass du dir die Sache auf der Yacht ansiehst. Der Verräter in meinem Team könnte nervös werden, wenn du auftauchst. Alle Mitarbeiter tragen einen Ring, der die Körperfunktionen überwacht und meldet."

„Ein permanenter Lügendetektor-Test?", fragte ein ungläubiger Angelos.

„Nennen wir es Fürsorge des Arbeitgebers", antwortete Abu mit einem verschmitzten Lächeln. „Ach, Daniel, wärst du so gut, uns einen Espresso zu machen? Ich laufe mit Angelos noch eine Runde im Garten!"

„Klar", sagte Daniel und stand auf.

„Mitkommen!", sagte Abu im Befehlston.

Als sie ein paar Meter vom Haus entfernt waren, nahm Abu sein Handy aus der Tasche.

Er tippte auf das Display.

Man hörte zwei Männer beim Sex.

„Und?", fragte Angelos.

Wieder tippte Abu auf das Icon.

„Es war perfekt, mein Schöner. Mein Unterleib ist noch ganz pelzig, aber ich denke nicht, dass ich in den Rollstuhl muss. Ich hoffe, dir hat es auch gefallen. Soviel Erfahrung habe …"
„Sei still. Es war fast zu schön. Ich fürchte, ich möchte das öfter!"

Angelos Nikakis lief knallrot an.
„Du hast mein Handy verwanzt??"
„Nein, du Idiot. Ich habe bei meinem letzten Besuch bei Tanos eine Wanze am Fenster platziert. Ebenso bei Vafiadis. Vertrauen ist gut, Kontrolle besser. Aber das ist nicht der Punkt!"
Angelos wusste genau, was der Punkt war.
„Und du solltest mir dankbar sein. Denn ich habe eine SMS mit deiner Nummer an Daniel geschickt, um deinen Arsch zu retten!"
„Danke ", sagte Angelos – wie ein Kind, das man beim Rauchen erwischt hatte. „Aber wie hast …"
„Herrgott, Angelos. Wir sind im 21. Jahrhundert. Der Computer meldet jede Audiodatei, in denen die Worte *Angelos, Mord* und *Vafiadis* vorkommen. So konnte ich euer Stelldichein fast live verfolgen."
„Äh, wir haben auch geredet", sagte Angelos. Wieder schaute Abu auf sein Handy.
„Exakt 14 Minuten. Die restlichen 2 Stunden und 46 Minuten habt ihr …"
„Schon gut. Nicht so laut!"
„Bist du noch bei Trost? Der Kleine ist 17!!"

„Das merkt man ihm aber nicht an", meinte
Angelos etwas kleinlaut.

„Und noch ein kostenfreier Rat: Wahrheit wird
überschätzt. Sie zerstört alles. Vergiss diesen
Quatsch mit *reinen Tisch machen* oder *das
Gewissen erleichtern*. Daniel darf es nie, NIE,
erfahren, sonst ..."

Abu hielt kurz inne.

„Oh mein Gott. Du bist dir nicht mal sicher, ob
du das willst. Wie stellst du dir das vor? Klar liebt
dich der Junge jetzt. Wenn er reich ist und so
wie er aussieht, bist du schnell auf dem Abstell-
gleis. Er wird nach ein paar Jahren das Gefühl
haben, etwas verpasst zu haben. Nur bist du
dann vierzig – und allein!"

„Das alles weiß ich – und habe es Stefanos
gesagt. Herrgott, wenn ich nur klar denken
könnte.

„Der Espresso ist da", rief Daniel.

„Kein Wort", sagte Abu zu Angelos. „Und bei
der nächsten Vögelei schickst du selbst die
SMS!"

Plötzlich vibrierte Abus Handy.

„Was? Was faselst du da von einem Angriff?"

Stille.

Abu tippte auf *Mithören*.

„Es war wohl eine Drohne. Ist am Heck
explodiert. Die Steuerung ist beschädigt. Das
Ding konnten wir abschießen", sagte die
Stimme aus dem Handy.

Abus Wut steigerte sich mit jeder Sekunde.

„DROHNE? DIE HABEN KEINE REICHWEITE! Sie

muss aus der Nähe gekommen sein. UND IHR
HABT GEPENNT!"
Abu schnaubte und lief im Kreis herum.
„Wer wagt es, mich anzugreifen? In meinem
Zuhause!"
„Vielleicht steckt der Verräter dahinter – oder
sein Auftraggeber. Ich fliege mit dir hin. Wenn
die Steuerung beschädigt ist, brauchst du einen
Schlepper. Den kann ich von der Marine
besorgen", sagte Angelos.

27

Abu Bakar saß vor dem Bildschirm und
fluchte.
„Nichts. Keine Schiffsbewegung in der
Nähe!"
Der Schaden an Abus schwimmendem
Zuhause war beträchtlich. Schraube und
Steuerung funktionierten nicht mehr.
„Ärger mit einem anderen Drogenkartell?",
fragte Angelos vorsichtig.
„Mach dich nicht lächerlich. Es gibt hier nur
mich. Aber ich wollte dir eigentlich das hier
zeigen!"

Abu deutete auf den Bildschirm. Es dauerte
etwas, bis Angelos etwas erkennen konnte.
„D-das ist der Hafen von Piräus", sagte er.

Das Datum passte.

Es war der Abend der Razzia.

„Du hast Aufnahmen? Also hast du doch …"

Abus Stuhl drehte sich in Richtung Angelos.

„Zum letzten Mal: ich habe Vafiadis nicht getötet. Ich habe die Kameras schon vorher anbringen lassen. Datum und Ort der Übergabe kannte ich ja. Würdest du dich jetzt auf die Aufnahme konzentrieren?"

Ankunft Van Vafiadis.

Van fährt in den Schuppen.

Vier Männer steigen aus.

„Der links ist Vafiadis. Jetzt befiehlt er dem ganz hinten, er soll das Tor schließen. Der läuft zu dem Schalter, ABER ER DRÜCKT DEN KNOPF NICHT. Siehst du?"

„Du hast Recht. Damit hatte der Mörder freies Schussfeld."

Eine Minute später sah man, wie Vafiadis´ Kopf zerbarst.

„Und jetzt brauchen wir die andere Kamera Und das Ganze etwas schärfer. Voilà!"

Kommissar Angelos Nikakis traute seinen Augen nicht.

Es war Vafiadis Junior.

Unmittelbar nach dem Schuss verschwand er.

„Tja. Ich lag mit Vafiadis gar nicht so verkehrt. Nur war es der Sohnemann. Ich hatte nur noch keine Zeit, die Aufnahmen davor zu sichten …"

„ …um zu sehen, wann die Container getauscht wurden", ergänzte Angelos den

115

Satz.

„Da hätten wir also die Lösung. Gott schütze dich vor deiner Familie. Unser Mister X ist also Takis Vafiadis. Was bedeutet, auch der Verräter muss von Takis gekauft worden sein. Und das werden wir jetzt feststellen!"

Abu lief zum Besprechungszimmer, das aber auch für andere Zwecke genutzt wurde. Darauf deuteten einige Haken an Decke und Wand sowie ein Metalltisch hin.
Angelos hoffte nur, dass nicht schon jetzt jemand an der Decke baumelte.
Er war leidlich beruhigt, als er sah, dass dort zehn Crewmitglieder in Reih und Glied auf das Hohe Gericht warteten.
Abu setzte sich und drückte Angelos ein Tablet in die Hand.
„Darauf siehst du die Körperwerte aller Anwesenden", sagte Abu leise.
„Ich treffe diese Entscheidung sicher nicht", sagte Angelos.
„Natürlich nicht, mein Freund. Das Urteil fälle ich!"
Abu drehte sich um und ging vor den Männern auf und ab.
„Unter uns gibt es einen Verräter. Derjenige hat nun eine Minute Zeit, sich zu offenbaren. Dann kommt er mit dem Leben davon!"
Alle zehn litten plötzlich an Tremor und hatten Schweißperlen auf der Stirn.
Abu ging zu Angelos und schaute auf das

Tablet.

Nummer neun hatte den höchsten Puls und Blutdruck. Da er nun heftig zu zittern begann, erübrigte sich das Hinzuziehen technischer Hilfsmittel.

Nummer neun trat vor.

„Ich war es, Boss", sagte der schmächtige und bleiche Mann.

Abu musterte ihn von oben bis unten.

„Ich habe nur eine Frage: wer hat dich bezahlt?"

Nummer neun zögerte.

„Ich warte!"

„Takis Vafiadis", sagte der Mann leise. Aber…"

„Auf den Metalltisch mit ihm", sagte Abu Bakar zu den anderen. Vier von ihnen packten den Verräter und warfen ihn auf den Tisch.

Abu griff zu einer Eisenstange.

„Aber ich habe doch …", sagte Nummer neun.

„Ich sagte, du kommst mit dem Leben davon. Ich sagte nicht, dass du noch wirst laufen können."

Abu holte aus – und Angelos rannte zur Türe. Aber auch draußen hörte man noch den Schrei des Delinquenten. Abu kam heraus.

„So, das hätten wir. Es ist also tatsächlich der Sohnemann. Was mir allerdings zu denken gibt, ist …"

„… ich weiß. Wir denken dasselbe. Er muss ein Netz an Unterstützern haben. Kontakte zu einem Killer … schwer vorzustellen bei der Gestalt. Schlaksig, der lange Zinken und etwas

117

tapsig."

„Die perfekte Tarnung. Nun stellt sich die Frage, wer von uns beiden sich um dieses Arschloch angemessen kümmert!"

Angelos grinste.

„Ich glaube, den Begriff *angemessen* definieren wir unterschiedlich. Ich kümmere mich um den Haftbefehl und die Durchsuchung."

Angelos zögerte.

„Ich hätte noch eine Bitte. Ich schicke Daniel eine SMS, dass es für einen Rückflug zu spät ist und ich bei dir auf der Yacht bleibe."

„Aber das ist natürlich gelogen, denn mein Pilot soll dich nach Kalafati fliegen und einen großen Bogen um Kalo Livadi machen, richtig?"

„Ja. Dann hätten Stefanos und ich wenigstens eine Nacht zusammen. Zum Reden und …"

Abu lachte laut.

„Schon klar", meinte er.

„Du täuschst dich. Lies!", sagte Angelos und hielt Abu das Handy hin. Es war Stefanos´ Antwort.

Du kommst jetzt zu mir?? Es ist Vollmond und mit dir wird es eine magische Nacht. Tag 1 meines neuen Lebens! IOU.

„Nun, er weiß auf alle Fälle, auf welche Knöpfe er bei dir drücken muss. Mit dem Hebel kennt er sich ja schon aus", sagte Abu.

„Idiot", knurrte Angelos.

118

28

Angelos und Stefanos kamen erst gar nicht zur Terrasse. Es fiel auch kein einziges Wort.
Gut zwanzig Minuten später lagen sie auf dem Sunbed, das sie direkt an die Brüstung geschoben hatten und schauten hinaus auf die vom Mond beleuchtete Bucht von Kalafati.
„Du hattest Recht", sagte Angelos und küsste Stefanos.
„Womit?"
„Mit der magischen Nacht. Es ist wunderschön hier."
„Du meinst das Gesamtpaket Nacht plus Mond plus Stefanos, hoffe ich!"
Angelos lachte,
„Siehst du: das ist wichtig. Den anderen zum Lachen bringen!"
„Wir könnten hier für immer liegen. Oder bei jeder Vollmondnacht. Nur du und ich", sagte Stefanos und klammerte sich an Angelos.
„Wenn es nur so einfach wäre. Wir müssten weg von hier. Ich müsste meinen Job aufgeben …"
„Mein Schöner, du bist nicht von hier. Du bist durch Zufall hier gelandet und nur wegen Alex geblieben. Seit er tot ist, bist du eigentlich nur deswegen hier, weil du nicht wüsstest, wohin", sagte Stefanos. „Wir könnten gemeinsam nach einem besseren Ort suchen."

„Und auch dort würden sie sagen: da kommt der Sugardaddy und sein Stricher. Entschuldige, aber …"

„Hör auf dich zu entschuldigen, Angelos. Das musst du nicht mehr. Keine Konventionen mehr. Nur wir zwei. Glaubst du wirklich, so etwas wie heute Abend könnte mir ein anderer bieten? Ich habe bisher nicht gelebt und jetzt spüre ich jede Faser meines Körpers. Dank dir. Und ich hoffe, du ziehst es wenigstens in Erwägung … Lass mich bitte nicht nur eine Episode sein."

„Fühlt sich das hier an wie eine Episode? Was glaubst du, wie vielen Männern ich an der Türe die Kleider vom Leib gerissen habe? Überraschung: keinem. Und Episoden kenne ich gar nicht. Es gab vier Partner, sonst nichts. Kein Verhältnis – das hier ist neu für mich. Und verdammt schwierig", sagte Angelos und küsste Stefanos.

„Ich will dich nicht drängen. Fliegst du morgen mit dem Hubschrauber von hier nach Kalo Livadi?"

Angelos lachte.

„Das wäre keine schlechte Idee. Der Heli ist mit MGs ausgerüstet, für den Fall, dass Daniel mit der Bazooka auf mich zielt."

Stefanos grinste.

„Das war doch der Heli von Abu, oder?"

Angelos nickte.

„Ich war auf seiner Yacht. Oder besser: seinem Kampfstern. Woher kennst du eigentlich …?"

Stefanos schüttelte den Kopf.

„Ich mag zwar siebzehn sein, aber dass mein Vater Abus Ware über unsere Hotels und Bars verkauft hat, ist für niemanden ein Geheimnis. Und was macht der Mordfall? Denn den musst du noch lösen, bevor du dich für mich entscheidest", sagte Stefanos und lächelte. Angelos seufzte.

„Morgen verhaften wir Takis Vafiadis!"

Stefanos schaute verdattert.

„Takis? Das ist doch nicht dein Ernst. Ich kenne ihn. Jeder sagt, dass er nicht der Hellste ist. Und er soll seinen Vater getötet haben? Und vielleicht auch meinen?"

„Letzteres weiß ich nicht. Außerdem will ich nicht an morgen denken. Wo ist eigentlich dein Bruder?"

„Bei seinen Hackerfreunden in Athen, quasi Fortbildung."

„Alleine?"

Stefanos lachte.

„Gib ihm sein Smartphone und er lässt alle Sirenen Athens gleichzeitig heulen. Außerdem passen die anderen auf ihn auf. Und jetzt Schluss mit der Zeitverschwendung. Was könnten wir wohl stattdessen machen?", fragte Stefanos und tat so, als müsste er angestrengt überlegen. Doch da hatte ihn Kommissar Angelos Nikakis schon wieder auf die Matratze gedrückt und angefangen, mit der Zunge dessen Körper zu erforschen. Das Ziel kannte Angelos zwar schon, aber was zählte, war der Weg.

Diese Nacht war in jeder Hinsicht magisch.
Und bis zum nächsten Vollmond habe ich
meine Entscheidung getroffen.

Als Angelos erwachte, fühlte er sich wie in
Watte gepackt, aber wohl.
Er blickte über die Brüstung und erschrak.
Die diversen Graustufen der Nacht waren
verschwunden, die ersten orangefarbenen
Streifen des Tages erhellten den Horizont.
Er griff nach seinem Handy. 8 Uhr 12.
In dem Moment kam Stefanos mit einem
Tablett durch die Terrassentüre.
„Guten Morgen, mein Schöner. Vier Kapseln
Espresso in einer Tasse!"
„Danke. Sag jetzt nicht, ich bin beim Sex
eingeschlafen", sagte Angelos.
Stefanos lachte.
„Ach was. Du bist eingenickt, nachdem du
dich zwei Stunden lang nur um mich geküm-
mert hast."
„Dann ist ja gut. Ich glaube, ich muss dann …"
„Hast du schon eine Ausrede, warum du zu Fuß
und nicht mit dem Heli kommst?", fragte
Stefanos.
„Nicht wirklich."
„Ganz einfach: du sagst, Abus Hubschrauber
musste auf dem Flughafen landen wegen zu
viel Verkehr. Dann bist du mit dem Taxi
gefahren. Klingt plausibel!"

Angelos nickte.

Er schwankte, als er aufstand.

Stefanos lächelte.

„Schade. Wir könnten auch einfach liegen-
bleiben."

„Lass mir Zeit bis zum nächsten Vollmond",
sagte Angelos und küsste Stefanos.

„Zur Not warte ich bis zum Jüngsten Gericht",
lautete die Antwort, garniert mit einem
verliebten Blick.

29

Wo kommst du denn her?", fragte
Daniel, der in der Küche saß, als Kommissar Angelos Nikakis nach Hause
kam. „Ich habe den Heli nicht gehört!"

„Konntest du auch nicht. Er ist auf dem
Flughafen gelandet. Zu viele Helis im Anflug auf
Kalo Livadi. Die Scheichs kommen wohl
neuerdings im Pulk", sagte Angelos. Er stand an
der Espressomaschine, damit Daniel sein
Gesicht nicht sah, während er log.

„Hast du meine Mail über Vafiadis Junior
gelesen?"

Daniel nickte.

„Dennoch ist es schwer zu glauben, dass er das

Mastermind ist. Das hätte ich ihm nicht zuge-
traut."

„Genies schauen selten wie Genies aus",
meinte Angelos.

„Ist die Astimonia bereit für den Zugriff?"

„Haft- und Durchsuchungsbeschluss?"

„Liegen schon im Auto", sagte Daniel.

„Gut gemacht. Dann hoffen wir mal, dass die
Security nicht auf die Idee kommt, sich zu
wehren."

Wenige Minuten später fuhren sie durch Ano
Mera, bogen am Kriegerdenkmal rechts ab, an
der Grundschule vorbei und erreichten die
marode Straße, die auf den Hügel hinaufführte.
Als Angelos in die Einfahrt abbog, wusste er,
dass etwas gewaltig schief lief.
Im Hof stand ein Polizeifahrzeug, ein Kranken-
wagen und alles schien in heller Aufregung. Der
Security-Männer beschimpften sich.
Plötzlich sah Angelos Maria.

„Was zum Teufel ist hier los? Du solltest warten,
bis wir da sind!"

„Das hätte ich auch getan, wenn kein Anruf
gekommen wäre, dass es hier einen Selbstmord
gegeben hat", sagte Maria.

„Nein. Sag jetzt bitte nicht …", begann
Kommissar Nikakis, aber er kannte die Antwort
schon.

„Wir können nur noch eine Leiche verhaften.
Der junge Vafiadis ist in keinem guten Zustand

mehr. Kopfschuss", sagte Maria.

„Was sagt die Security?", fragte Angelos.

„Angeblich hat Takis gegen 22 Uhr angeordnet, die Alarmanlage und die Kameras auszuschalten, weil er noch Besuch bekäme!"

„Aha. Er bekommt Besuch und erschießt sich dann. Typisch für einen Selbstmörder", ätzte Angelos.

Doch der Sarkasmus erreichte Maria nicht.

„Aber der Besuch kam dann nicht."

„Natürlich nicht. Wenn alle Sicherheitssysteme ausgeschaltet sind, brauch ich ja nicht den Haupteingang benutzen."

„Wieso glaubst du an Mord, ohne überhaupt das Opfer gesehen zu haben?", fragte Maria.

„Erstens, weil Takis sich zufällig ein paar Stunden vor seiner Festnahme erschossen haben soll …"

„Vielleicht aus Verzweiflung? Oder einfach Zufall?", warf Maria ein,

doch Angelos ignorierte sie.

„Zweitens: Zufälle gibt es nicht. Ich brauche hier das ganze Aufgebot. Das ganze Haus wird auf den Kopf gestellt."

Maria verdrehte die Augen und ging zu ihrem Wagen.

Angelos und Daniel betraten das Haus. Die Leiche sollte sich im ersten Stock befinden, erstes Zimmer links.

Als Angelos und Daniel den Raum betraten, war ein Arzt gerade dabei, Formulare auszufüllen.

125

„Ah, Petridis", sagte Angelos.

„Was machst du denn hier? Das ist doch kein Fall für die Kripo", antwortete der Arzt.

„Das lass mal unsere Sorge sein. Und mit den Formularen wartest du mal schön. Wenn ich noch einmal *Selbstmord* auf irgendeinem Wisch sehe, ohne dass wir die Leiche gesehen haben, kannst du in Zukunft als Tierarzt arbeiten", sagte Angelos.

Petridis zuckte mit den Schultern.

„Und du solltest keinen 17-jährigen Jungs hinterherrennen. Guten Tag!"

Angelos wollte Petridis an dessen Arztkittel packen, doch Daniel ging rechtzeitig dazwischen und deutete auf die Leiche, die auf dem Bürostuhl saß. Der Kopf war nach vorne auf den Tisch gesackt. Rechts vom Schreibtisch war alles voller Blut.

Angelos stellte sich direkt vor den Schreibtisch und grübelte.

„Nimm die Handschuhe und heb bitte den Kopf an, möglichst gerade", sagte er zu Daniel.

„Genau das dachte ich mir", sagte Angelos kurz darauf. „So und jetzt wechseln wir die Position und du sagst mir, was dir auffällt!"

„Äh. Auf der rechten Hälfte ist nicht viel übrig."

Angelos verdrehte die Augen, hielt den Kopf nun am Haarschopf fest und griff nach einem Kugelschreiber.

„Du wirst doch nicht …", begann Daniel, doch da hatte Angelos schon das Schreibgerät ins Einschussloch gesteckt.

„Und jetzt?", fragte er.

„Auch wenn es kein Austrittsloch, sondern eher einen Krater ist: er liegt deutlich tiefer", sagte Daniel.

„Sehr gut. Und jetzt nimmst du deine Glock, Magazin und Patrone raus, und hältst sie dir an die Schläfe. So als würdest du dich erschießen wollen! Sehr gut. Ein rechter Winkel, eher weniger. Jetzt versuchst du, über den 90-Grad-Winkel zu kommen", sagte Angelos.

Daniel versuchte es, aber die Mündung rutschte tiefer,

„Was ist das Ergebnis des Tests?", fragte Angelos und ließ den Kopf los, der daraufhin auf die Tischplatte knallte.

„Kein Selbstmord", sagte Daniel.

„Noch mehr. Der Mörder stand neben Takis und schoss ihm in den Kopf. An den Fingernägeln keine Hautreste, im Zimmer keine Kampfspuren. Takis kannte den Mörder."

„Der mysteriöse Besuch. Takis hat seinen Mörder regelrecht erwartet. Und der hatte freie Bahn, dank abgeschalteter Systeme. Ich bin beeindruckt", gab Daniel zu.

„Und es wird noch besser. Der Mörder hat etwas übersehen."

Unter der Ablage lugte das chromfarbene Gehäuse eines kleinen Gerätes hervor.

„Was zum Teufel ist denn das?", fragte Daniel.

Angelos grinste.

„Ein Relikt aus dem Technikmuseum. Nicht zu hacken. Schwer zu manipulieren. Klein und

furchtbar analog. Ein Diktiergerät!"
Angelos öffnete das Gehäuse und entnahm
die kleine Kassette.
Er durchsuchte die Schubladen des Schreib-
tischs.
Ganz unten fand er eine Blechdose mit mindes-
tens zwanzig kleinen Magnetbändern.
„Wie soll ich die Dateien überspielen? Hat
dieses Relikt einen USB-Anschluss?"
Angelos lachte.
„Wir werden uns alle Bänder anhören müssen.
Der Mord selbst wird wohl kaum drauf sein,
denn die Dinger haben keine lange Laufzeit.
Offensichtlich war Takis doch nicht so
beschränkt. Jeder durchsucht heutzutage
Handy und Rechner, aber wer kümmert sich um
Kassetten?"
„Das dauert doch Tage, bis wir die Dinger alle
angehört haben", sagte Daniel.
„Ein kleiner Rückblick auf die Polizeiarbeit in den
Achtzigern. Dennoch: wir suchen jetzt den
Mörder eines Mörders eines Mörders. Denn Takis
Vafiadis ist nicht unser Mr. X", sagte Angelos.
„Wie bei einer russischen Matroschka!"

30

Erst als die beiden wieder in ihrer Küche in Kalo Livadi saßen und die Espressotassen gefüllt waren, kam so etwas wie ein Gespräch zustande.

„Über was reden wir jetzt? Über die Matroschka-Morde oder über Surferboy und dich?", fragte Daniel.

„Lass das blöde Surferboy. Er heißt Stefanos", knurrte Angelos.

„An Petridis´ Bemerkung merkst du, dass das Gerücht sich schon verselbständigt hat!"

„Ich wusste gar nicht, dass du dich von Gerüchten beeindrucken lässt. Vor ein paar Jahren regten sich manche auf, dass ich mit einem Israeli zusammen bin", sagte Angelos.

„Wir sind fast gleichaltrig. Das ist ein wesentlicher Unterschied. Stefanos ist 17 und du …"

„Ich weiß, wie alt ich bin", knurrte Angelos.

„Habt ihr schon miteinander geschlafen?", fragte Daniel.

„Gegenfrage: hast du mit mir geschlafen, obwohl ich noch mit Yariv zusammen war?"

Daniel sagte nichts.

„Es ist nämlich exakt das gleiche Szenario wie damals. Ich dachte gar nicht daran, meine Beziehung aufzugeben, bis ein gewisser Daniel kam – und alles unternommen hat, um mich und Yariv auseinanderzubringen. Und manches war moralisch mehr als fraglich!", sagte Angelos.

„Und hast du es je bereut?"

„Nein, habe ich nicht. Keinen einzigen Tag. Aber dir muss klar gewesen sein, dass jemand auftauchen könnte, der deine Methode schlicht kopiert. Also bitte jetzt keine Vorwürfe wegen ... Herrgott, unsere Beziehung beruhte auf meiner Untreue, die das Ergebnis deiner Vorarbeit war."

„Klingt so als wäre ich selbst schuld", meinte Daniel.

Angelos verdrehte die Augen.

„Nein. Der Depp bin ich. Ich gehe mit einem 17-jährigen fremd. Dabei fehlt es mir an nichts. So. Es wäre hilfreich, wenn ich klar denken könnte, aber mit mittlerweile vier Morden ist mein Hirn nur noch eine sich drehende Masse voller Widersprüche und Fragen."

Angelos knallte seinen Kopf zwei Mal auf die Tischplatte.

„Reset-Versuch?", fragte Daniel und grinste.

„Es ist ein déjà-vu", sagte Angelos.

„Wäre es ein déjà-vu, wäre ich raus. Denn es gewann der Neue. Damals ich!", sagte Daniel leise.

„Wenn sich Situationen ähneln, heißt das nicht, dass die Konsequenzen die gleichen sein werden. Ich bin nur verwirrt!"

„Dann machen wir Folgendes, ganz ohne Drama. Ich gehe für eine Woche ins Hotel. Dann kannst du in Ruhe nachdenken. Und ich

nehme diese Tonbänder mit und höre mir
stundenlanges Rauschen an. Ich habe nur eine
Bitte: bring ihn nicht hierher. Das ist unser
Zuhause", sagte Daniel.
„Auf die Idee käme ich erst gar nicht", sagte
Angelos.

31

Daniel Nikakis saß auf der Terrasse seiner
Suite und blickte hinunter in die Bucht.
Vor dem neuen Hafen lagen vier
Kreuzfahrtschiffe.
Die Sonne war im Begriff unterzugehen.
Doch er registrierte die Schönheit der Szenerie
nicht.
Er hatte Angst.
Panische Angst.
Angelos hatte Recht. War Daniel vor Jahren der
Profiteur des Plots, so war er nun in der
Defensive.
Angelos wäre noch heute mit Yariv zusammen,
hätte ich nicht hartnäckig alles getan, um die
Beziehung ins Wanken zu bringen.
Und das Neue hat immer den gleichen Vorteil.
Es bedeutet die Abkehr vom Normalen, es
bedeutet positive Aufregung. Hinzu kam, dass
Stefanos den perfekt definierten Körper besaß,

gepaart mit einem hübschen Gesicht.

Vorteil Stefanos.

Aber wie verhält es sich in Sachen Intelligenz und Humor? Daniel wusste, dass beide Punkte für ihn sprachen.

Was aber fehlt Angelos in unserer Beziehung?

Wie alle griechischen Männer, so hatte auch Angelos die Neigung zu Phlegma. Man musste sie antreiben, wie störrische Esel.

Bin ich zu nervig und sollte ihn öfters einfach dasitzen lassen?

Mit all diesen Fragen saß Daniel alleine auf der Terrasse. Und wieder packte ihn der Drang, irgendetwas zu tun. Er holte das antiquierte Gerät und legte die erste Kassette ein.

Hm. Wie bedient man dieses Ding? Warum steht ein Quadrat für *Stopp*?

Letztendlich brachte er das Diktiergerät zum Laufen. Er hörte ein Grundrauschen und Geklapper, wahrscheinlich aus Takis´ Büro. Und dann nichts. Doch Daniel traute sich nicht vorzuspulen.

So verging eine Stunde, bis plötzlich lautes Gebrüll zu hören war. Aus den Worten Nichtsnutz, Blödsinn und Erbschaft schloss Daniel, dass es sich um einen Disput zwischen Vater und Sohn handelte. Als das Geschrei beendet war, hörte er ein lautes *dummes Arschloch* – Takis´ Kommentar.

Dann folgte wieder über Stunden nichts.

Daniel begann zu zweifeln, ob Takis das Gerät

tatsächlich ständig nutzte.

Daniel wurde hungrig.

Das *Bill* hatte mit dem *Yevo´s* eines der besten Restaurants der Insel, doch Daniel Nikakis verspürte Lust auf Pizza.

Würde der Hotelmanager erfreut sein, wenn vor seinem Restaurant der Pizzabote seinen Roller abstellt?

Daniel beschloss, dass es ihm egal sein könne und bestellte telefonisch eine *Diavolo*.

Die Pizza hätte man auch *Stefanos* nennen können, dachte Daniel und setzte sich wieder, um eine weitere Kassette einzulegen.

Nach zehn Minuten wurde das gewohnte Rauschen unterbrochen.

„Was machst du denn hier?", hörte Daniel Takis fragen.

„Ich bin hier, um dich zu erlösen", sagte die andere Stimme.

Takis lachte.

„Da hättest du vor meiner Geburt kommen müssen. Mein Alter bestraft mich dafür, dass sein Sohn nicht von seiner großen Liebe geboren wurde. Weißt du, was er mir zu meinem 18. Geburtstag geschenkt hat? Einen Peugeot 205. GEBRAUCHT!"

„Ich weiß. Die Kinder reicher Eltern haben es manchmal schwerer als der Nachwuchs von armen Schluckern. Dein Alter wird sich nicht ändern und er hat noch mindestens dreißig Jahre vor sich."

„Vielen Dank für deine Aufmunterung", sagte

Takis Vafiadis.

„Du brauchst keine Aufmunterung, sondern die Chance, selbst etwas aufzubauen. Dabei will ich dir helfen", sagte der zweite Mann.

„Dazu bräuchte ich Kohle – und die habe ich nicht. Der alte Tyrann zahlt mir nicht mal ein Gehalt!"

„Deswegen bekommst du Geld von mir!"

„Von dir? Woher solltest du Geld haben?

„Das spielt keine Rolle", sagte die andere Stimme. Danach war ein Klacken zu hören. Ein Koffer.

„Jetzt überzeugt?"

Offensichtlich konnte Takis Vafiadis nicht glauben, was er sah.

„U-und du schenkst mir das? Wieviel ist das denn?"

„500.000 Euro. Für deine Loyalität. Für deine Hilfe. Und für Informationen. Und es ist keine einmalige Zahlung, wenn du ablieferst!"

Offensichtlich konnte es der Beschenkte noch nicht begreifen.

„U-und das Geld ist sauber?"

Der zweite Mann lachte.

„Frisch aus der Reinigung. Du wirst reich und kannst deinem Vater den Mittelfinger zeigen. Wie klingt das für dich, Takis?"

„Fast zu schön!"

„Es wird Realität. Auf gute Zusammenarbeit. Yolo!"

Daniel googelte das *yolo*.

You only live once.
Du lebst nur einmal.
Eine dieser dämlichen Abkürzungen der
Generation X oder Y.

Aber … ich habe dieses *Yolo* schon vorher
gehört. Nur wo? Und von wem?"
Dann fiel es ihm ein.
Das kann nicht sein.
Er hörte sich die Aufnahme ein zweites Mal an.
Die Stimme war nicht eindeutig zuzuordnen,
aber der Kontext ergab nur dann Sinn, wenn …

Es klopfte an der Türe.
Der Pizza-Bote.
Was mache ich zuerst?
Angelos informieren?
Wieder klopfte es.
Genervt öffnete Daniel die Türe.
Niemand.
Einen Wimpernschlag später spürte er einen
heftigen Schmerz am Hals.

32

Als Daniel erwachte, dröhnte sein Kopf. Der Hals schmerzte, aber es gab keine blutende Wunde. Als seinen Muskeln zuckten, wusste er, dass es ein Elektroschocker gewesen war, der ihn niedergestreckt hatte. Warum war ich nicht vorsichtiger, dachte er. Er war an einen Stuhl gefesselt.

Der Boden war ungleichmäßig betoniert, auch an der Wand blätterte der Putz ab.

Als er aufblickte, sah er zwei Männer mit Sturmhaube.

„Ist es nicht ein bisschen warm für Hauben?", fragte Daniel.

„Dir werden die flotten Sprüche noch vergehen", sagte der kleinere der beiden.

Die Türe ging auf und ein dritter Mann kam herein. Er trug eine Plastikmaske.

„Raus", sagte er zu den anderen Maskierten.

„Ich entschuldige mich für die grobe Vorgehensweise, Daniel"

Daniel lachte.

„Du kannst diese lächerliche Maske abnehmen – Stefanos!"

Und tatsächlich schob Stefanos die Anonymous-Maske nach oben.

„Gut gemacht", sagte er. „Es waren die Bänder von Takis und das *Yolo*, nicht? Als ich den Suchverlauf auf deinem Handy gesehen habe, war mir klar, dass ich nur noch ein paar Minuten habe."

„Das hilft dir aber nichts. Du bist aufgeflogen. Angelos wird es letztendlich doch begreifen, welches üble Spiel du mit ihm gespielt hast", sagte Daniel.

„Ich habe nicht mit ihm gespielt. Der Plan sah nicht vor, dass ich mich in ihn verliebe."

„Liebe? Sagt ein mehrfacher Mörder!"

„Ja. Ich habe meinen Vater getötet. Das dumme Schwein hat mich als Kind jahrelang missbraucht. Ich konnte mit niemand darüber sprechen, denn er hat mir immer gedroht, dass er mit meinem Bruder weitermachen würde. Mit den anderen Toten habe ich nichts zu tun."

„Das glaube ich dir nicht", sagte Daniel.

„Was du glaubst, spielt keine Rolle. Nur: was soll ich jetzt mit dir machen? Ich könnte dich töten. Tragischer Unfall. Angelos wäre untröstlich und ich würde ihm in seinem Schmerz helfen."

„Er wird dich durchschauen. Irgendwann macht es bei ihm ´klick´ und dann bist du erledigt!"

Stefanos seufzte.

„Da gibt es nichts zu durchschauen. Ich liebe ihn wirklich. Wegen ihm ist der ganze Plan den Bach runter. Aber weißt du was? Ohne hätte ich ihn nie kennengelernt."

„Tja. Leider bin da noch ich. Und du kannst ihn lieben, so viel du willst: er wird dich wegsperren – im günstigsten Fall!"

„Nicht, wenn du plötzlich verscheidest", meinte

Stefanos.

„Den Nebenbuhler umzubringen ist natürlich eine hervorragende Basis für eine Beziehung. Abgesehen davon, dass Angelos keine Beziehung mit einem 17-jährigen Mörder eingeht."

„Wieso vögelt er dann seit Wochen mit mir? Irgendwas scheint ihm zu fehlen", sagte Stefanos und grinste.

Daniel lief knallrot an und zerrte unter Wutgeschrei an seinen Fesseln.

„Du kannst schreien, wie du willst. Angelos liebt mich und ich ihn. Außerdem solltest du dich nicht moralisch überhöhen. Wie bist du denn an Angelos´ Seite gekommen? Du hast systematisch seine vorherige Beziehung zerstört. Hast gegenüber Yariv den Freund gespielt und ihn gleichzeitig hintergangen. Also lass diese Arroganz!"

„Wer ist denn hier arrogant? Du glaubst, Angelos liebt dich? Mein Gott. Er ist Mitte dreißig. Da bekommt so mancher eine Krise und es gelüstet ihn nach Frischfleisch. Außerdem wird Angelos manchmal von seinem Unterleib gesteuert. Deswegen liebt er dich noch lange nicht!"

Daniel schnaubte.

Doch seine Tirade sollte ihm noch vor die eigenen Füße fallen.

Stefanos holte tief Luft.

„Ich könnte dir gar nichts antun, denn das würde Angelos treffen und das will ich nicht. Soll es kommen wie es mag: du bist frei. Meine Leute binden dich gleich los!"

33

Kommissar Angelos Nikakis saß auf der Terrasse.
Sein Kopf war leer.
Alles lief schief.
Tanos/Vafiadis war der erste Fall, an dem er zu scheitern drohte.
Und was will ich privat?
Eines war ihm aufgefallen: seit dem Auftauchen von Stefanos in seinem Leben hatte sich einiges verändert. Er war besser gelaunt und hatte etwas, auf das er sich freuen konnte.
Dann aber fielen ihm die Probleme ein.
Stefanos war siebzehn.
Und was ist mit Daniel?
Offensichtlich fehlt mir etwas, dachte Angelos.
Der Sex ist mit Stefanos auf jeden Fall aufregender.
Ich muss mit Daniel reden.
Doch Daniel antwortete nicht.
Und das war seltsam, denn Daniel gehörte zu den Leuten, die ihr Handy mit auf die Toilette nehmen. Er war immer erreichbar.
Vielleicht ist er ausgegangen? Eine Bar-Tour?

Angelos Nikakis beschloss, zu *Bill* zu fahren, doch dort war er auch nicht.

Keine Reaktion auf das Klopfen.

Und vor der Türe lag eine Pizzaverpackung – mit Pizza.

Wer bestellt eine Pizza und lässt sie dann vor der Türe liegen?

Er ging zur Rezeption. Kostas gab Angelos eine Ersatzkarte.

Er öffnete das Zimmer. Angelos suchte nach Zeichen einer körperlichen Auseinandersetzung – Fehlanzeige.

Doch Daniels Handy lag auf dem Bett. Nicht vorstellbar, dass er das Zimmer ohne verlassen hatte. Außerdem fehlte das Diktiergerät.

Angelos tippte auf seinem Handy.

„Abu? Ich glaube, unser Mr. X hat Daniel entführt. Würdest du zu mir kommen? Ich bin vollkommen durch den Wind!"

Zwei Stunden später saßen Abu und Angelos in Kalo Livadi auf der Terrasse.

„Und ich bin schuld. Hätte ich Daniel nicht die Geschichte mit Stefanos gestanden, wäre er nicht ins Hotel gegangen."

„Das hilft uns jetzt nicht weiter. Das Ganze hat aber auch einen Riesenvorteil", sagte Abu.

„Welchen bitte?"

„Der Entführer ist unser Mister X. Er muss sich jetzt zeigen, hier anrufen. So haben wir wenigstens einen Ansatzpunkt!"

„Darauf könnte ich verzichten. Am Ende wissen wir vielleicht, wer Mister X ist – nur leider ist Daniel dann tot."

„Unsinn", sagte Abu. „Alles, was über Festnetz, Handy oder Satellit läuft, wird auf der Yacht abgegriffen."

„Was uns nicht hilft, wenn der Funkmast in der Stadt steht. Selbst in Ano Mera wäre es schwierig", widersprach Angelos.

„Jetzt warte doch das Telefonat ab."

„Wenn es überhaupt dazu kommt. Vielleicht will er Daniel schlicht töten. Hatten wir ja schon vier Mal. Skrupel hat er ja keine!"

Doch Angelos Pessimismus war unangebracht. Gut 15 Minuten später vibrierte das Handy.

„Herr Nikakis?"

Es war die übliche verzerrte Stimme.

„Wir haben Ihnen gerade ein Bild von Daniel geschickt. Ihm geht es gut!"

„Ich will mit ihm sprechen", sagte Angelos.

„Tut mir Leid. Aber Sie werden ihn bald zurückbekommen. Sie müssen nur unsere Bedingung erfüllen!"

„Und die wäre?"

„Das klären wir bei einem persönlichen Gespräch!"

„Wir sprechen doch schon", sagte Angelos.

„Nein. Ein Treffen. Sie. Alleine."

Eine Falle, dachte Angelos. Ohnehin egal.

„Gut. Wo?"

„Wir kommen zu Ihnen. Niemand sonst darf im Haus sein. Auch kein Abu", sagte die Stimme. „Ihre beiden Glocks legen Sie beide mit Magazin daneben einen Meter vor die Türe!"
Abu hob den Daumen.
„Gut. Abu wird sofort gehen. Wann?"
„Gleich!"
Dann war die Leitung tot.
„Sendemast bei Merchias. Viele Verstecke gibt es dort nicht", sagte Abu.
„Die Bergwerke. Ein Labyrinth", stöhnte Angelos.
„Beruhige dich. Ich kümmere mich drum. Hier hast du einen Knopf fürs Ohr. Damit kannst du alles hören. Sprechen ist schwierig. Daher werde ich dir Fragen stellen. Einmal Husten heißt ja, zwei Mal …"
„Begriffen", sagte Angelos. „Bring ihn bitte nach Hause!"

34

Jemand hämmerte gegen die Türe.
Als Angelos öffnete, begriff er zunächst
noch nichts.

„Stefanos? Äh, das ist jetzt …"

Dann sah er Stefanos´ trauriges Lächeln – und
die zwei bewaffneten Männer.

„Oh mein Gott. Ich glaub´ das nicht", sagte
Angelos und wankte Richtung Küche.

„Wo ist Daniel? Was hast du mit ihm gemacht?"
Stefanos schüttelte den Kopf.

„Absolut nichts. Und so bleibt es auch. Ich bin
hier, um dir alles zu erklären. Wirklich alles. Aber
eines solltest du schon jetzt wissen: das mit dir …
es war alles ehrlich."

Angelos schnaubte.

„Ich gewinne den Preis für den größten Trottel
unter der Sonne. Ich fasse es nicht!"

„Noch einmal: ich liebe dich, ich wusste nur
nicht, wie ich den Plan noch stoppen konnte."

„Den Plan, mich zum Affen zu machen?"

„Du bist wütend, das verstehe ich."

„Da bin ich aber froh. Und die zwei Hampel-
männer sind dein Begleitschutz?"

„N-nein … das sind meine, äh, Mitarbeiter. Darf
ich mich setzen und dir ALLES erklären?", fragte
Stefanos. „Dann kannst du den Fall endlich
verstehen – und abschließen!"

Angelos lehnte sich zurück.

„Den Fall Stefanos?"

„Himmel. Du glaubst, ich hätte das alles gespielt? Die Vollmondnacht? Du weißt genau, dass alles echt war. Ich habe dich auch nie, NIE belogen."

„Natürlich. Die Tatsache, dass du ein Mörder bist, hast du schlicht vergessen zu erzählen!"

„Bitte hör mich an", sagte Stefanos. „Vielleicht verstehst du es dann."

„Gut. Als Erstes schickst du das Duo nach Hause. Dann kannst du anfangen. Irgendwas muss ich ja in den Bericht schreiben. Außer, dass ich von einem 17-jährigen an der Nase herumgeführt wurde!"

„DAS STIMMT NICHT. DAS MIT DIR WAR ECHT", schrie Stefanos.

„Schwer zu glauben. Aber bitte: ich höre!"

Stefanos holte tief Luft.

„Alles jetzt ist die Wahrheit und noch einmal: ich habe dich nie belogen. An meinem fünften Geburtstag hat mich mein Vater das erste Mal vergewaltigt. Und dabei blieb es nicht. Er drohte mir, dass er sich auch an Markos vergreifen würde, wenn ich nicht stillhalte. Vier Jahre ging das so. An meinem neunten Geburtstag überließ er mich meinem Onkel. Der war noch das größere Schwein!"

„W-warum bist du nicht zu mir gekommen?", fragte Angelos. „Halt! Damals war ich noch nicht hier. Sorry! Ah! Das war also das Familiengeheimnis. Keine Bruderliebe, sondern Kindesmissbrauch."

„Wer glaubt einem 9-jährigen? Außerdem hatte ich Angst um meinen Bruder! Jetzt weißt du, warum ich meinen Vater umgebracht habe, um das gleich vorwegzunehmen."

„Nun, ich hätte wahrscheinlich das Gleiche getan. Mir ist Ähnliches passiert, allerdings war ich 25 und es waren mein Freund und drei Kumpels."

Stefanos starrte Angelos ungläubig an.

„Aber es geht jetzt nicht um mich. Ich habe dich unterbrochen!"

„Ich und Markos, wir haben unseren Vater gehasst. Und unsere Mutter, die es hätte sehen müssen. Nein, sie muss es gewusst haben. Aber sie ließ uns im Stich. Also beschlossen wir, dass wir uns rächen. Ich war 14, Markos 10, als wir loslegten. Markos war damals schon ein Genie in Sachen Computer. Er knackte sämtliche Firewalls der Firma, unserer Eltern und selbst die mancher Banken. Mit Zugang zu den Konten wussten wir, wo was lag. Und dann ging es los. Mein Vater hatte sechs Millionen auf die Caymans transferiert. Natürlich illegal. Wir haben ihn erpresst – über das Darknet. Da wir eine Kopie der Kontoauszüge hatten, ging ihm die Düse. Er zahlte. Er dachte wohl, seine IT-Leute könnten uns finden, aber die spielten nur in der dritten Liga. Wir hatten unsere erste Million. Vater hat tagelang getobt. Natürlich haben wir so getan, als wären wir dumme Kinder. Wie gerne hätten wir es ihm erzählt, nur um sein fassungsloses Gesicht zu sehen. Aber wir wollten ihn noch mehr bestrafen. Er sollte alles verlieren. Dann lief uns der Controller in die Falle!"

„Der Rechnungsprüfer der Firma?", fragte Angelos.

„Das nächste Schwein. Ein Pädo, der kleine Mädchen im Internet zu Daten versucht. Nicht nur versuchte. Wir fanden heraus, dass er mit zweien schon in einem Motel in Athen gewesen war. Was dort passiert ist, kannst du dir denken. Markos gab sich als Girl aus und sprach ihn im Internet an. Wir schickten ihm die üblichen Lolita-Bilder. Und er biss tatsächlich an. Nur: zu dem Treffen in dem Motel kam nicht Lolita …"

„ … sondern du", sagte Angelos.

„Das Schwein bekam fast einen Infarkt. Übergewichtig, nach Schweiß stinkend – widerlich. Aber mit ihm hielten wir den goldenen Schlüssel in der Hand. Er kannte natürlich alle Tricks. Wir zwangen ihn, uns jeden Monat 50.000 Euro zu überweisen, vom Firmenkonto. Die Buchhaltung zu überlisten, ist für einen Controller ein Kinderspiel. Und durch die monatlichen Einnahmen waren wir in der Lage Gehälter zu bezahlen."

„Gehälter?", fragte Angelos ungläubig.

„Wir haben Angestellten unseres Vaters in der Buchhaltung, aber vor allem in der Security, ein zusätzliches Gehalt bezahlt. Mein Vater hat seine Mitarbeiter übel behandelt und noch schlechter bezahlt. Seine Leute haben also für uns gearbeitet. Loyalität kann man sich erkaufen", sagte Stefanos.

146

Angelos grinste.

„Welch weiser Spruch für einen … wie alt warst du?"

„Damals vierzehn. Na ja. Nicht alles kann man über gehackte Computer und Telefone erfahren. Der menschliche Faktor, sprich Getratsche, spielt auch eine große Rolle. Wir waren so etwas wie eine eigene Firma innerhalb der Firma meines Vaters. Wir zwackten immer mehr Geld ab. Angebliche Bankgebühren, keine riesigen, aber stete Einnahmen. Controller und Buchhaltung hatten ja wir unter Kontrolle. Aber es ging uns nicht primär um Geld, sondern um Rache. Dafür braucht man Geld, wenn man sich nicht selbst die Hände schmutzig machen will. Dann tauchte das erste unerwartete Problem auf: mein Onkel, der Kinderficker. Er versuchte, Vater die Firma abzunehmen, was bedeutet hätte, dass ich und mein Bruder keine Einnahmen mehr gehabt hätten. Also musste sein Tod vorgezogen werden."

„Du hast ihn auch umgebracht?", fragte Angelos erstaunt.

„Aber nein. Geht alles über dunkle Ecken des Darknets – allerdings nur der Erstkontakt. Dann leistest du die Anzahlung und alle Infos über das Opfer gehen per Kurier an den Dienstleister."

„Ein Auftragskiller", korrigierte Angelos.

„Oder so."

Stefanos lachte.

„Hätte der Auftragsmörder gewusst, dass ein

15- und ein 11-jähriger seine Kunden waren …
Nun, Onkel Antonis verließ unseren Planeten in
Richtung Hölle!"

35

ZWEI JAHRE ZUVOR

Antonis Tanos war mit sich im Reinen. Er
saß auf der Terrasse seines Bungalows,
mit einem Glas Baptiste 1957.
Endlich.
Nach 19 Jahren voller qualvoller Selbstbeherr-
schung genoss er sein Singleleben.
Sicher – seine größere Villa hatte er der ver-
hassten Ehefrau überlassen müssen. Da das
frühere Domizil aber der Ort des Unbills war,
hatte Antonis Tanos gerne darauf verzichtet. Er
hatte noch immer genug Vermögen, um sich
dieses einstöckige Häuschen bauen zu lassen –
allein nach seinen Vorstellungen.
Perfekt wäre der Abend, hätte Ludmilla heute
Zeit für ihn gehabt. Doch seine neueste Erobe-
rung musste zu einem „Influencer-Event" nach
Piräus. Auf öffentliche Auftritte hatte Antonis
keine Lust mehr.

Er war vermögend. Glücklicher Single mit gelegentlichem Besuch.

Antonis war allein im Haus. Natürlich war Kifissia, der noble Stadtteil Athens, auch keine von Kriminellen freie Zone mehr, aber Antonis Tanos stand nicht im Rampenlicht.

Er war frei.

Ein letzter Coup stand noch an. Er würde seinem Bruder dessen Imperium auf Mykonos entreißen. Pech für ihn und seine Söhne, Antonis´ Neffen.

Er würde alles einem Geschäftsführer übergeben und dann, ja dann würde er beginnen zu leben.

Ein Rascheln unterbrach seine Gedankengänge.

Ludmilla?

Antonis´ Unterleib zuckte.

Das wäre eine unerwartete Freude.

Doch es waren zwei Gestalten mit Trump-Masken. Noch ehe er schreien konnte, spürte er einen Schlag und roch Chloroform.

Als Antonis wieder erwachte, war es um ihn herum dunkel. Aber er wurde hin und her geworfen. Er knallte gegen Metall.

Dann realisierte er, dass er sich in einem Kofferraum befand. Doch warum?

Die Straße wurde schlechter. Antonis versuchte, seinen Kopf zu schützen – vergeblich.

Plötzlich hielt der Wagen an und er hörte Stimmen.

Was war passiert? Hatte sein Bruder Christos Tanos Wind von seinen Plänen bekommen? Nein, alles wurde im Geheimen vorbereitet. Ein ohrenbetäubender Lärm setzte ein. Das Kreischen von Metall.

Der Wagen wurde angehoben und schwankte. Im nächsten Moment knallte er im freien Fall auf den Boden.

Jetzt begriff Antonis.

Mit dem Ruhestand würde es nichts mehr werden.

Er befand sich in einer Wagenpresse.

Und er wusste, wer so viel Hass auf ihn haben konnte: Stefanos.

36

Eine Wagenpresse?", fragte Angelos entsetzt.

„Näheres über die Art und Weise des Ablebens überlässt man dem .., äh, ..."

„Killer!"

„Ja. Unser Wunsch war nur: der Kinderficker sollte leiden", sagte Stefanos.

„Unser Erfolg stieg uns etwas zu Kopf. Ich und Markos, wir wollten noch mehr Geld machen, um es mit unserem Vater aufnehmen zu können. So viel, dass wir seine Firma Stück für

Stück ruinieren und er den Absturz in Zeitlupe würde durchmachen müssen!"

„Die Firma war aber doch euer Erbe", wand Angelos ein.

„Mein Vater sollte seinen Ruin erleben und dann sterben müssen. Als wir genügend Geld beiseite geschafft hatten, wollten wir anfangen, ihm die Luft abzudrücken. Dann beging ich den ersten Fehler: ich änderte die Strategie. Ich überzeugte meinen Bruder, dass wir blöd wären, unsere Firma und damit unser Erbe zu zerstören. Vater würde sterben, das blieb das oberste Ziel. Allerdings beging er immer mehr geschäftliche Fehler und die Firma kam ins Trudeln. Und wer profitierte davon?", fragte Stefanos.

„Vafiadis", sagte Angelos.

„Richtig. Ich nahm ihn ins Visier. Niemand wusste oder ahnte irgendwas. Wie auch? Ich spielte den naiven damals 16-jährigen. Mein Bruder war 12? Du dachtest ja auch, er sei Autist, was teilweise stimmt. Ich finde, jeder Computerfreak ist irgendwie Autist – oder Soziopath, nicht im bösen Sinne. Gut, wir mussten Vafiadis aufhalten. Doch zuerst war – endlich – mein Vater dran. Wir hatten so viel Geld wie möglich auf die Seite gebracht."

„Du hast deinem Vater eine Falle gestellt, ihn zum Leuchtturm gelockt. Warum? Du hättest ihn auch Zuhause töten können", sagte Angelos. „Außerdem warst du laut den Kameras zur Tatzeit zuhause!"

Stefanos lachte.

„Du kannst die Kameras alle auf den Müll werfen. Mit KI veränderst du alle Aufnahmen so, wie du es brauchst. Nun, ich habe es einmal ausgerechnet. Zwischen meinem fünften und zehnten Lebensjahr bis ich circa 250 Mal missbraucht worden. Ich hatte so lange gewartet – es musste ein besonderes Setting sein. Markos schrieb ihm eine Mail und gab sich als Angestellter von Vafiadis aus. Er bot Dokumente an, die Vafiadis ins Gefängnis bringen würden. Natürlich hat mein Vater angebissen. Treffpunkt war der Leuchtturm. Ich trug eine Maske. Mein Vater dachte, ich sei der Informant. Er ahnte nichts. Er war in Hochstimmung, weil er endlich Vafiadis aus dem Weg räumen könnte. Ich warf den Koffer mit den Papieren hinter ihn. So schaute er Richtung Sonnenuntergang - den Rest kennst du.

Die beiden Pädos, mein Vater und mein Onkel: tot. Markos und ich erbten die ganze Firma. Es gab nur noch eine Bedrohung!"

„Vafiadis", sagte Angelos.

„Richtig. und ich beging den nächsten Fehler."

„Lass mich raten: der Sohnemann der einen reichen Familie und sein Leidensgenosse in der anderen Familie fanden sich. Takis Vafiadis!"

Stefanos nickte.

„Es schien ideal. Der alte Vafiadis behandelte

Takis wirklich unmöglich. Takis bekam kein Geld, zum 18. Geburtstag bekam er einen gebrauchten Peugeot. Er hasste seinen Vater. Perfekt für uns. Ich traf ihn und lockte ihn mit Geld. Dass er gleichzeitig sich an seinem Vater rächen konnte – wie hätte er widerstehen können. Er verschaffte uns den Zugang zur Vafiadis-IT. Besser gesagt: über seinen Computer kam Markos rein – Takis wäre zu blöd dafür gewesen. Wir begriffen, dass Vafiadis eine Bedrohung für unsere Firma war. Er war im Vergleich zu meinem Vater schlicht der bessere Geschäftsmann. Ich wollte ihn ausbremsen.

Meine Idee war: Abu gegen ihn aufhetzen. Ich war mir ziemlich sicher, dass Abu beide Familien abhört. Und du weißt, wie heutzutage Abhören funktioniert?"

„Mit Keywörtern. Sobald sie erkannt werden, gibt´s Alarm. Es reichten die Worte Drogen, Abu und Vafiadis."

„Richtig. Also führte ich ein paar Telefonate mit Takis über den Funkmast in Ano Mera. Abu konnte mein Handy nicht orten, dafür hatte Markos gesorgt, aber er war aufmerksam geworden."

„Da hat er sich zum ersten Mal bei mir gemeldet", sagte Angelos.

„Um dem Ganzen etwas Schwung zu geben, sollte Takis einen von Abus Leuten angreifen und verletzen – nicht töten. Fehler von mir: ich gab ihm eine Waffe. Ich wusste aber nicht, dass Takis seit Monaten Händel mit seinem Dealer

hatte. Takis kokste ziemlich viel und hatte damals kein Geld. Der Dealer, eben jener Adli, gab ihm logischerweise nichts mehr. Jetzt hatte Takis Geld und eine Waffe. Und erschießt Abus Mann. Auf der Waffe hatten wir die DNA von Vafiadis´ Leibwächter platziert. Sie zu beschaffen, war leicht. Takis nahm Omars Haarbürste aus dem Pausenraum der Security.
Es hätte gereicht, um Abu durchdrehen zu lassen, wenn …"
„ …ich ihn nicht gebremst hätte", ergänzte Angelos. „Du hast gehofft, dass Abu Vafiadis bei der Übergabe in Piräus erschießt. Dabei gab es kein Drogengeschäft. Ihr habt ihn mit den Telefonaten mit den richtigen Wörtern hellhörig gemacht. In den nächsten Gesprächen ging es dann über eine Übergabe mit genauer Nennung des Schuppens."
Stefanos lächelte.
„Es waren nur Spülmaschinen. Sorry. War ziemlich peinlich für dich, aber um dich ging es nicht!"
„Na vielen Dank auch. In Piräus lacht man noch in zehn Jahren darüber", knurrte Angelos.
„Auch Abu ist darauf reingefallen. Für ihn war das Ganze viel peinlicher. So etwas spricht sich herum. Er war reingelegt worden. Es blieb ihm nichts anderes übrig, als zu behaupten, dass er gar nichts damit zu tun hatte."
„Moment. du behauptest, Abu habe Vafiadis erschießen lassen?", fragte Angelos.
„Natürlich. Er hat dich angelogen. So einfach ist

das. Er wollte einen potentiellen Rivalen aus-
schalten, der zudem einen seiner Mitarbeiter
hatte töten lassen. Auch Freunde belügen
einen. Aber sei nachsichtig: Abus Erfolg beruht
auf Angst und Schrecken. Ein Spülmaschinen-
Räuber hingegen macht sich zum Gespött."
„Aber Takis war in Piräus dabei!"
„Richtig. Er wollte dabei sein, wenn sein Vater
stirbt. Natürlich hielt er großen Abstand."
„Er stand an der Türe und hat das Licht einge-
schaltet", sagte Angelos.
Stefanos lachte.
„Ach woher. Wir wussten ja seit Tagen, dass die
Übergabe der Spülmaschinen in dem Schuppen erfolgen sollte. Die Firma Tsipras hat nicht
mal ´ne Firewall. Markos hackte sich ins System
und sorgte für Festbeleuchtung, dass Abus
Mann Vafiadis auch wirklich treffen würde."
Stefanos holte tief Luft.
„Alles lief perfekt. Vafiadis tot, Takis würde
erben, aber sicher bald alles in den Sand
setzen. Ende der Geschichte. Dachte ich. Doch
dann änderte sich alles. Und Schuld warst du!"

37

Ich habe mich in dich verliebt. Passiert ist es
wohl an dem Tag, an dem du mir im Flur die
Kleider vom Leib gerissen hast ...."

„Auf dich ist auch nie geschossen worden,
oder?"

„Natürlich nicht. Das war ich selbst. Ich dachte,
du würdest mich niemals wegschicken in der
Nacht. Daniel würde sauer werden und wir
wären allein. Es hat funktioniert, am nächsten
Morgen im Jacuzzi. Sorry. Endgültig verloren war
ich in der Vollmondnacht. Ich dachte, alle
meine Gefühle – außer Hass – seien abge-
storben. Plötzlich war da etwas anderes. Ich
konnte nur noch an dich denken. Und du hast
das Gleiche gefühlt. Ich habe es in deinen
Augen gesehen", sagte Stefanos.

„Du verwechselst Geilheit mit Liebe", meinte
Angelos.

Stefanos schüttelte den Kopf.

„Du vergisst, dass ich in der Vollmondnacht
dabei war. Aber plötzlich tauchte ein großes
Problem auf. Takis. Er erpresste mich. Wichtige
Dinge haben wir immer unter vier Augen
besprochen. Ich trug immer einen Störsender,
den mir Markos mitgegeben hatte. Dennoch
hatte er Tonaufnahmen und drohte mir, sie an
dich weiterzugeben. Erpressung. Ich war verzweifelt. Ich sollte ihm das Geld vorbeibringen.

Markos durchsuchte alle Computer nach Audiodateien. Nichts. Es war unsere Vollmondnacht. Ich wollte nicht weg, aber ich musste. Nach dem dritten Sex habe ich dir eine halbe Tavor ins Glas getan, bin zu Takis gefahren und habe ihn erschossen. Ich habe nach Handys und Sticks gesucht, wo er die Gespräche aufgezeichnet hatte. Nichts. Das blöde Diktiergerät habe ich zwar gesehen, aber ich wusste nicht, was das ist."

„Dann kamst du zurück. Sex Nummer vier. Ziemlich kaltblütig, nicht?"

„Verzweifelt. Ich hatte ein paar Tage gewonnen. Als du Daniel gebeichtet hast, dass du mit mir ein Verhältnis hast, ist er ja ins Hotel. Wir waren in euren Handys. Wir hörten, dass ihr diese Kassetten habt – damit würde alles auffliegen. Als Daniel dann das *Yolo* in die Suchmaschine eingab, war klar: er wusste, dass ich dahinterstecke. Ich musste verhindern, dass er es dir erzählt. Denn: ich wollte es dir selbst beichten. Nur deswegen habe ich ihn entführt. Ich wollte Zeit gewinnen. Nie hätte ich ihm etwas getan!"

Stefanos stand auf.
„So. Das war die ganze Geschichte."
„Wenn du Daniel freigelassen hast: warum rührt er sich nicht?"
Jetzt war auch Angelos aufgestanden.
„Es dauert, vom alten Bergwerk bis hinunter nach Foko oder Ano Mera zu laufen. Und Netz

gibt es dort oben auch keins. Ich schwöre dir, dass …"

Doch da hatte Angelos Stefanos schon gegen die Wand geworfen und begann, ihn mit beiden Händen zu würgen.

Angelos drückte immer stärker.

Aber Stefanos wehrte sich nicht.

Plötzlich ließ Angelos los.

Stefanos sackte auf den Boden.

Dann hörte Angelos Abus Stimme im Ohr.

„Daniel ist frei. Aber er ist in Foko. Anruf Festnetz von der Kneipe. Er hat mir erzählt, Stefanos wäre Mister X. Ich gehe davon aus, er ist noch bei dir. Alles in Ordnung?"

Angelos nahm das Gerät aus dem Ohr und sagte: „Alles in Ordnung. Ich brauche noch eine Stunde. Und komm bitte alleine. Daniel soll draußen warten. Lass dir eine Ausrede einfallen!"

Dann warf Angelos den Knopf in die Spüle.

Stefanos war wieder auf den Beinen.

„Oh Gott. Beinahe hätte ich dich umgebracht", sagte Angelos. „E-es t-tut mir Leid! Daniel ist tatsächlich frei."

Stefanos rieb sich den Hals und räusperte sich mehrmals.

„Dir ist schon klar, dass ich dich festnehmen muss. Das mit deinem Vater und deinem Onkel – das hätte man noch rechtfertigen können. Aber Takis eben nicht!"

Stefanos nickte.

„Schon klar. Was für ein Irrsinn. 17 Jahre war mein Leben die Hölle. Dann bin ich eine Woche – EINE WOCHE – glücklich – und das war's schon. Eigentlich ein Witz!"
Angelos schluckte.
„-I-ich kann dich nicht gehen lassen, auch wenn ..."
„Auch wenn was?", fragte Stefanos. „Sag es!"
„Auch wenn ich mich in dich verliebt habe. Zufrieden?"
„Sehr. Das bedeutet mir viel", sagte Stefanos.
Angelos stand auf und ging auf Stefanos zu.
„Willst du mich jetzt wieder würgen?"
Angelos lächelte.
„Nein, du Idiot. Ich will dich küssen!"

38

Angelos Nikakis stand am Fenster und blickte hinaus. Er atmete schnell. Gleichzeitig fühlte er sich wie in Trance. Alles war ein einziger Nebel.
Er hörte, wie die Haustüre mit einem heftigen Krachen aus den Angeln flog.
Angelos zuckte nicht mal.
Jemand rannte in Richtung Schlafzimmer.
Dann flog die Türe auf und Abu stand im Raum.

„Alles in Ordnung mit dir?", fragte er Angelos, doch der reagierte nicht.

„Was ist mit ihm?", fragte Abu und deutete auf Stefanos, der reglos auf dem Bett lag.

Abu fühlte Stefanos´ Puls am Hals.

„Er lebt noch. Was zum Teufel ist passiert? Irgendwie habe ich mir eine Verhaftung anders vorgestellt!"

Angelos zuckte mit den Schultern.

„Himmel. Zieh dir gefälligst was an!"

Mit Mühe gelang es Angelos seine Shorts anzuziehen.

„Hör zu. Wir haben ein Riesenproblem. Was machen wir mit Stefanos?"

Wieder zuckte Angelos mit den Schultern.

Abu holte aus und verpasste Angelos eine Ohrfeige.

Erst dadurch landete Angelos Nikakis wieder in der Gegenwart.

„Du kannst ihn auf jeden Fall nicht verhaften", sagte Abu.

„Warum nicht?"

„Weil bei einem Prozess jeder erfahren würde, wie er uns an der Nase herumgeführt hat. Das würde deine und meine Reputation zerstören. Ein 17-jähriger macht uns zum Gespött. Zumindest ich kann das nicht akzeptieren. Meine Stellung beruht auf Respekt und Furcht. So ist das nun mal in meinem Geschäft."

„Du willst Stefanos töten? Auf keinen Fall. Nicht mit mir", sagte Angelos.

„Die offizielle Version lautet: Vafiadis Senior

tötet Stefanos´ Vater. Takis Vafiadis bringt seinen Vater um und begeht dann Selbstmord. Ermittlungen abgeschlossen."

„Und Stefanos?", fragte Angelos. „Wir können ihn auch nicht einfach laufen lassen. Aber ich will auch nicht, dass er 20 Jahre im Gefängnis landet."

„Nochmal: es darf nie zum Prozess kommen. Du willst dennoch eine Strafe? Ich hätte eine Idee: es gibt in Beirut so eine Art Verwahranstalt für schwer erziehbare Jungs. Kein schöner Ort. Gewalt. Aber das wäre eine Art Strafe", sagte Abu.

Angelos nickte.

„Zwei Jahre. Dann kann er noch etwas aus seinem Leben machen", sagte Angelos.

Abus Handy vibrierte.

„Ah. Daniel fragt, ob die Luft rein ist. Soll ich ihn reinlassen?"

„Nein. Warte", antwortete Angelos, doch Abu schaute ihn zweifelnd an.

„Was ist denn mit dir?", fragte Abu, nur um sich selbst die Antwort zu geben:

„Oh nein. Du hast ihn wirklich geliebt!"

„Schlimmer, Abu, Schlimmer!"

39

Sechs Monate später

Ödnis.
Ödnis, soweit man sehen konnte.
Der deprimierende Ausblick wurde nur unterbrochen von den rostigen Gitterstäben vor dem Fenster.
Stefanos Tanos hielt sich an den Stäben fest, denn seine offene Wunde am rechten Bein eiterte und schmerzte.
Eine Behandlung durch einen Arzt war in den Compliance-Regeln des Hurengefängnisses nicht vorgesehen.
Zwei seiner Mitinsassen waren schon verstorben. Man hatte sie 50 Meter vor dem Haus in den Sand geworfen. Das Kreischen der Hyänen und die Rufe der Geier zeugten von einer beschleunigten Verwesung.
Stefanos blickte an sich herunter.
Nichts war übrig von dem Astralkörper. Der Eiter am Bein, Brandwunden von Zigaretten, Striemen vom brutalen Auspeitschen.
Und Stefanos hatte enorm an Gewicht verloren. Die muskulösen Beine waren nur noch von Haut überzogene Stelzen.
Die schlimmsten Verletzungen konnte Stefanos nicht sehen, denn in seinem Zimmer gab es keinen Spiegel.

Vielleicht auch besser so.

Die brutalen Vergewaltigungen hatten wohl alles zerrissen, was reißen konnte.

Und dann diese elende Kette, die ihn 24 Stunden plagte. Sie reichte bis in die Dusche, die aus einem simplen Loch in der Decke bestand.

Die Kette scheuerte an seinem linken Bein und machte im Zusammenspiel mit dem offenen rechten Bein ein schmerzfreies Gehen unmöglich.

Stefanos lief wie Quasimodo.

Schritte näherten sich.

Die Türe ging auf und Omar grinste Stefanos an.

„Ein Kunde wünscht dich zu sehen. Du kennst ihn schon. Ibrahim!"

Stefanos fing an zu zittern.

„Nein, bitte. Der Typ ist krank. Er wird mich umbringen!"

Omar zuckte mit den Schultern.

„Die Geier freuen sich. Ab unter die Dusche!"

Stefanos zögerte, denn aus der Öffnung kam kein normales Wasser, sondern Salzwasser. Die Meeresentsalzungsanlage war im Bürgerkrieg zerstört worden, die Maschinen hatten die Warlords verkauft.

Das Salzwasser würde ihm den Rest geben. Die Wunden würden sich noch mehr entzünden.

Die Frage war nur noch: sterbe ich an einer Sepsis oder an Wundbrand?

Omar stieß ihn unter die Öffnung und drehte

am Hahn.

Und Stefanos begann zu schreien.

Eine Stunde später saß Stefanos im Wagen.
Er trug die Standardkleidung des Hauses: einen
schwarzen Overall.
Nicht Ibrahim, dachte Stefanos.
Er erinnerte sich an sein Gespräch mit Riccardo,
einem anderen Sklaven. Der hatte ihm eine
Adresse gegeben.
„Wenn du es schaffst ihnen zu entkommen, geh
dort hin. Es ist eine anständige Familie, sie
haben schon anderen geholfen. Dort bist du für
24 Stunden sicher. Nicht länger, denn die Leute
gehen ein hohes Risiko ein!"

Ricardo war seit drei Tagen verschwunden.
Die Geier würden das nächste Festmahl
zelebrieren.
„Ali, halt kurz an. Ich brauche Zigaretten",
sagte Omar.
Er verschwand im Café gegenüber.
Und Ali machte einen Fehler: er vergaß, die
Türen zu verriegeln.
Jetzt oder nie.
Stefanos öffnete die Tür und rannte, trotz
höllischer Schmerzen, um sein Leben.
Ali wusste nicht, wie er reagieren sollte.
Hinterherrennen? Dann würde man ihm das
Auto stehlen. Auf Omar warten?
Ali hupte mehrmals und Omar kam angerannt.
„Du elende Mistgeburt. Los, fahren wir die

Straßen ab. Viele Blonde gibt es hier ja nicht!
Wenn der Bengel entkommt, dann Gnade dir
Gott."

40

Sechs Monate waren zwischenzeitlich
vergangen – ohne größeres Verbrechen
auf Mykonos. Und ausnahmsweise war
Kommissar Nikakis nicht unerfreut darüber. Der
Fall Tanos hatte zu viel Nerven gekostet und
beinahe seine Beziehung ruiniert.

So saßen Daniel und Angelos Nikakis entspannt
auf den Sonnenstühlen auf der Terrasse ihres
Hauses in Kalo Livadi, als das Handy vibrierte.
„Was ist denn?", fragte Daniel.
„Eine SMS. Was ist 0208 für eine Vorwahl?"
„Irgendwas Arabisches. Und?"
Angelos stöhnte auf.
„Was ist denn los? Les vor!"
„Bitte schau dir die Fotos an. Ruf mich dann an,
sonst sterbe ich morgen. In Liebe Stefanos."
„Na, der hat Nerven", sagte Daniel.
Angelos öffnete die anhängenden Dateien,
wurde kreidebleich und begann zu würgen.
Wortlos gab er Daniel das Handy.
„Himmel", lautete dessen Kommentar.

Angelos raufte sich die Haare.

„I-ich kann das …"

„Du musst ihm helfen, ansonsten verfolgen dich die Bilder den Rest deines Lebens. Und deine Entscheidung war falsch. Du wolltest mich wahrscheinlich beeindrucken. Ich war dagegen, weil ich ahnte, dass dich diese Geschichte wieder einholt."

„Du wolltest, dass er zwanzig Jahre im Knast sitzt. Nach allem, was er durchgemacht hat. Und das hier … war so nicht abgesprochen. Was soll ich ihm sagen?", sagte Angelos.

„Ich glaube, du musst nur zuhören – und dann lässt du dein Gewissen entscheiden!"

„Möchtest du mithören?", fragte Angelos.

Daniel schüttelte den Kopf.

„Ich habe nur eine Bedingung, Großer. Wenn du ihm hilfst: er darf nicht zurück nach Mykonos!"

Angelos nickte und ging ins Haus – für das schwerste Telefonat seines Lebens.

182 Tage waren seit jenem Nachmittag vergangen.

An allen 182 Tagen hatte Angelos Nikakis an Stefanos gedacht.

Er tippte auf *Anrufen*.

Stefanos ging sofort ran – und begann hemmungslos zu schluchzen.

Angelos schluckte.

„Stefanos, beruhige dich …"

Doch das Schluchzen hörte nicht auf.

„Stefanos, hör zu: du hast geschrieben, du hättest nur 24 Stunden Zeit. Wir können hinterher über alles reden. Jetzt müssen wir dafür sorgen, dass es überhaupt ein hinterher gibt."
Angelos hörte ein Schniefen.
„Wo bist du?"
Dann endlich begann Stefanos zu sprechen.
„Danke, dass du anrufst. Ich … ich konnte diesen Tieren entkommen. Ich bin bei einer Familie, aber die verstecken mich nur 24 Stunden, ansonsten werden sie selbst getötet!"
„WO, zum Teufel?"
„Bengasi!"
Angelos fluchte.
„Das schlimmste Drecksloch am Mittelmeer. Himmel. Wie soll ich dich da rauskriegen? Und vor allem: wie kommst du da hin. Ich dachte, du bist in Beirut?"
„War ich auch. Eines Nachts bin ich zu Bett, bekam einen Schlag auf den Kopf und als ich aufwachte, war ich in diesem Drecksloch in Bengasi. Kann Abu nicht helfen? Bitte. Du hast die Fotos gesehen. Vielleicht habe ich das alles verdient. Aber sie schmeißen uns den Geiern zum Fraß vor. Kein Witz!"
„Bengasi ist viel zu weit weg für Hubschrauber. Die müssten mehrmals zum Auftanken runter und die Frage ist, wo", sagte Angelos.
„Angelos, erinnerst du dich an unsere Vollmondnacht? Da hast du mir erzählt, du hättest gute Beziehungen zu Ankara. Hier springen unglaublich viele Türken herum. Paras, aber

manche auch in türkischer Uniform. Du hast mir erzählt, dass du sogar schon auf der Privat-yacht des Präsidenten warst. Vielleicht …"

„Du hast Recht. Ich habe auch noch etwas gut bei ihm. Eine andere Möglichkeit fällt mir auf die Schnelle auch nicht ein. Hoffentlich ist er erreichbar und nicht in Kasachstan oder sonst wo!"

„Bitte versuch es. Sollte es nicht klappen … du weißt, dass ich dich wirklich geliebt habe und noch immer liebe!"

Angelos´ Herz krampfte.

„Wir werden das hinkriegen. Ich rufe in Ankara an und sage dir Bescheid. Schau du, dass dein Handy geladen ist. Iss was. Trink genügend. Ich melde mich, wenn ich Genaueres weiß!"

„D-danke", sagte Stefanos.

Nach dem Gespräch saß Angelos zitternd da und starrte das Handy an. Daniel kam in die Küche.

„Und?"

„Bengasi", sagte Angelos.

„Scheiße. Shithole. Wie willst du ihn heraus-holen?"

„Ich weiß es nicht. Ich bin nicht Scotty, der einfach *Beamen* sagen kann!"

„Scotty? *Beamen*?", fragte Daniel.

„Ungebildetes Jungvolk. Stefanos meinte, dort wäre alles voller Türken …"

„Dann gibt es nur zwei Möglichkeiten: der Sultan oder die Israelis", sagte Daniel.

„Da wird Tel Aviv nicht mitspielen. Zu riskant.

Bleibt doch nur Ankara!"

„Na dann? Unter was hast du ihn im Handy gespeichert?"

Angelos grinste.

„Ziegenhirte!"

„Ich empfehle dir, die Anrede zu wechseln. *Èxzellenz* wäre wohl angebrachter", meinte Daniel.

Und so tippte Angelos auf *Ziegenhirte*.

Es klingelte. Vier Mal, fünf Mal …

Klack.

„Nennen Sie Ihren vollen Namen, Ihren Standort und das Kennwort."

„Angelos Nikakis, Mykonos, Mersin42."

„Korrekt. Herr Nikakis: Seine Exzellenz ist in einer Besprechung. Sie dauert noch etwa 30 Minuten, dann können wir ihn informieren, dass Sie angerufen haben. Auf Wiederhören!"

Verdutzt legte Angelos sein Handy auf den Tisch.

Super. Und wenn er nicht zurückruft?

Ich habe keinen Plan B.

Doch schon nach 15 Minuten erschien auf dem Display *Ziegenhirte*.

„Danke, mein griechischer Freund. So habe ich eine Ausrede, das nächste Meeting zu schwänzen. Ich nehme an, Sie wollen mich an einen ausstehenden Gefallen erinnern."

„Nein. Ich möchte, nein, ich bitte Sie darum, mir zu helfen. Es ist eher ein Flehen. Es geht um

169

Folgendes …"

Dann erklärte Kommissar Nikakis dem großen Sultan, wobei er Hilfe bräuchte.

„Hm. Ich sehe gerade auf meinem Bildschirm, dass dieser Stefanos Ihr Liebhaber ist?"

„Gibt es etwas, was nicht auf Ihrem Bildschirm steht?", fragte Angelos.

„Ich hoffe doch nicht. Ansonsten wandert der Verantwortliche in eine Kohlemine in Anatolien. Moment … SIEBZEHN?"

Angelos seufzte.

„Es ist beendet. Dennoch kann ich ihn nicht einfach sterben lassen!"

„Hm. Gut. Bengasi ist fest in unserer Hand. Und es interessiert niemanden im Westen. Ist das nicht komisch?"

„Man nennt es internationale Politik, Exzellenz"

„Nun. Wie auch immer. Selbstverständlich halte ich mein Versprechen. Wir holen Ihren Freund da raus. Meine Leute melden sich."

„Danke. Dafür …"

„ … habe ich jetzt einen Sonderpunkt gut", sagte Seine Exzellenz.

„Natürlich. Alles, was unterhalb der Grenze zum Landesverrat liegt", sagte Angelos.

„Und bei Ihrem nächsten Besuch auf meinem Boot möchte ich die ganze Geschichte hören. Ich liebe tragische Lovestories!"

Angelos hörte ein Lachen, dann war die Leitung tot.

„Und?", fragte Daniel, als Angelos wieder nach

draußen kam.

„Die Türken holen ihn tatsächlich raus."

„Und dann?"

„Sie fliegen ihn nach Izmir, dann geht es mit dem Heli auf Abus Yacht. Ich fliege hin, sag, dass es mir Leid tut und wünsche ihm alles Gute. Fertig", sagte Angelos.

„Und von was will er leben? Geerbt hat er ja nichts. Man sollte den Erblasser nicht ermorden!"

„Na ja. Ich habe mir Folgendes gedacht: ich fahre jetzt zu Stefanos´ Bruder. Er wird 50% bekommen, allerdings erst mit 18. Ich werde ihm sagen, dass er nicht ganz unbeteiligt war. Dass er bei einem Ermittlungsverfahren sein Erbe noch verlieren könnte. Dass ich wahrscheinlich der Treuhänder sein werde. Und ich werde ihm nahelegen, dass er zwei Millionen an Stefanos abgibt, von ihren Schwarzkonten. Dann kann der anfangen, sein Ding zu machen", sagte Angelos.

„Also Erpressung", meinte Daniel.

„Genau das", antwortete Angelos und grinste.

„Und was tun wir dann, bis der erlösende Anruf kommt?"

„Hm. Wenn du von Kalafati zurück bist, erfüllst du deine ehelichen Pflichten. Und wehe du sagst ´Stefanos` zu mir!"

Kann passieren, dachte Kommissar Nikakis.
Ist mir aber egal.
Er war sauer, richtig sauer.

41

Der Pilot stellte die Motoren ab und die Rotorblätter vollzogen ihre letzten Bewegungen.

Abu erwartete Angelos auf dem Zwischendeck.

„Und? Wo ist er?"

„Beruhige dich. Alles gut. Er ist unten. Der Doc ist gerade zurückgeflogen. Stefanos ist, na ja, schwer ramponiert. Zahlreiche Brandwunden, Wundbrand am Bein und am schlimmsten ist der Zustand der … äh … unteren Abteilung", sagte Abu.

Angelos verdrehte die Augen.

„Du meinst den Rektalbereich, den Enddarm, oder?"

„Ja. Es braucht mehrere Operationen. Auch beim Bein ist sich der Arzt nicht sicher, ob …"

„Schon begriffen. Du schaffst Stefanos dann in die Klinik nach Beirut?"

Abu schüttelte den Kopf.

„Ich habe mich umentschieden. Er wird in Tel Aviv operiert. Die haben mehr Erfahrung mit Folteropfern!"

„Gut. Aber bevor ich mit Stefanos spreche, müssen wir uns unterhalten", sagte Angelos.

Abu schaute verwundert, deutete aber auf die Sitzgruppe an der Reling.

„An jenem berühmten Tag, du weißt schon, haben Stefanos und Daniel ein Gespräch geführt."

„Als er Daniel entführt hat", sagte Abu.

„Richtig. Stefanos hat das Gespräch aufgezeichnet und mir als Audiodatei geschickt. Ich habe sie nicht angehört. Ich wollte diesen Tag einfach vergessen. Heute habe ich das nachgeholt. Hör dir einfach diese Passage an. Es fängt mit Stefanos an."

Wie bist du denn an Angelos´ Seite gekommen? Du hast systematisch seine vorherige Beziehung zerstört. Hast gegenüber Yariv den Freund gespielt und ihn gleichzeitig hintergangen. Also lass diese Arroganz!"

„Und?", fragte Abu.

„Warte!"

„Wer ist denn hier arrogant? Du glaubst, Angelos liebt dich? Mein Gott. Er ist Mitte dreißig. Da bekommt so mancher eine Krise und es gelüstet ihn nach Frischfleisch. Außerdem wird Angelos manchmal von seinem Unterleib gesteuert.

„Autsch. Das ist tatsächlich übel. Aber du hast ihn betrogen, außerdem hat Stefanos gedroht, ihn umzubringen", sagte Abu.

Angelos schnaubte.

„Unsinn! Daniel wusste über mich und Stefanos Bescheid. Aber darum geht es nicht. Er hat hinterher erzählt, Stefanos hätte ihn töten

173

wollen, aber es wäre ihm gelungen, zu fliehen."

„Stimmt. So hat er es mir auch erzählt", meinte
Abu.

„Nur: es stimmt nicht. Stefanos hatte ihn bereits
freigelassen, *bevor* er zu mir kam. Er hätte
Daniel nie etwas getan. Daniel ist nicht
geflohen – er war längst frei. Nur dauert es
eben, von Agios Barbara, also dem alten Bergwerk, bis hinunter nach Ano Mera oder Foko zu
laufen", sagte Angelos.

„Und woher weißt du das?", fragte Abu.

Angelos drückte wieder auf *Play*.

*„Ich könnte dir gar nichts antun, denn das
würde Angelos treffen und das will ich nicht. Soll
es kommen wie es mag: du bist frei. Meine
Leute binden dich gleich los!"*

„Daniel hat uns also angelogen. Nicht gut!"

„Nicht gut? Ich hätte Stefanos fast umgebracht", sagte Angelos aufgebracht.

„Stefanos hatte mir die Audiodatei an jenem
Nachmittag geschickt, aber ich habe sie nie
angehört!"

„Was ist eigentlich passiert, bevor ich dich
informiert habe, dass ich Daniel gefunden
habe?", fragte Abu.

„Ich hätte Stefanos fast erwürgt – und er hat
sich nicht mal gewehrt", sagte Angelos.

„Du warst wütend, weil er dich zum Narren
gehalten hat", sagte Abu.

Angelos schüttelte den Kopf.

„Nein. Es war die Angst, dass Daniel sterben könnte, dabei stimmte das gar nicht", sagte Angelos und deutete auf das Handy.

„Das Schlimmste: Daniel hat sich nie geäußert. Die Lüge blieb im Raum!"

„Was willst du jetzt tun?"

„Warte. Das ist noch nicht alles. Als es um Stefanos´ Rettung ging, meinte Daniel, dass er zur Bedingung mache, dass Stefanos nicht mehr nach Mykonos dürfe!"

„Er hat dir Bedingungen gestellt?"

„Ja. Abgesehen davon: Im Gegensatz zu Daniel ist Mykonos Stefanos´ Heimat. Er ist hier geboren. Niemand kann ihm verbieten, die Insel zu betreten. Nicht einmal ich könnte das", sagte Angelos.

„Richtig. Aber was willst du jetzt tun?", fragte Abu. „Und wer bitte hat meine Yacht angegriffen?"

Angelos ließ den Kopf nach hinten fallen.

„Den Angriff gab es gar nicht. Dein Verräter hat auf Takis´ Geheiß einen kleinen Sprengsatz angebracht. Am Telefon hat er das Ganze aufgebauscht. Er wusste ja nicht, dass wir schon auf seiner Spur waren. Was ist mit ihm eigentlich passiert?"

„Er hat einen nagelneuen Rollstuhl. Aber das ist nicht das Thema", sagte Abu.

„Und jetzt habe ich eine einfache Frage. Bitte nur mit *ja* oder *nein* beantworten: du liebst Stefanos immer noch, oder?"

„Ja."

„Du weißt, was das bedeutet. Du hättest einen 17-jährigen als Partner. Zumal nicht sicher ist, ob er je wieder hergestellt werden kann!"

„Ich trage zumindest Mitschuld an seinem Zustand!"

„Mitleid ist keine Basis für eine Beziehung", sagte Abu.

„Im Übrigen hätte auch ich eine Frage, die man nur mit *ja* oder *nein* beantworten kann", sagte Angelos.

„Nur zu!"

„Hast du Vafiadis Senior umgebracht?"

Abu stöhnte auf.

„Ich habe dich auf diese Spur gebracht, weil uns der kleine Scheißer unten reingelegt hat. Natürlich habe ich mich geschämt, weil ich dich zu der Razzia gedrängt habe. Ich konnte dir nicht auch noch sagen, dass ich Vafiadis für Nichts habe töten lassen. Verzeihst du mir?"

„Mal sehen. Nur, wenn du mir versprichst, zu meinem neuen Partner freundlich zu sein und ihn nicht *kleiner Scheißer* nennst"

„Das werde ich. Und über seine Intelligenz und Cleverness brauchen wir nicht zu reden", sagte Abu.

„Dann geh ich mal runter!"

„Er weiß es noch nicht, oder?", fragte Abu.

Angelos lächelte nur.

42

ngelos Nikakis ging die Treppe hinunter und holte tief Luft, bevor er den Raum betrat. Als er Stefanos sah, erschrak er. Stefanos hatte massiv Gewicht verloren, die Wangenknochen traten deutlich hervor, die Augenringe hatten die Größe von Untertassen. Der restliche Körper war unter einem dünnen Laken versteckt.

Vorsichtig zog Angelos es beiseite.

Er stöhnte auf.

Der ganze Oberkörper war übersät mit Brandwunden und blauen Flecken. Der Genitalbereich lag unter einem breiten Verband. Das rechte Bein war ebenfalls bandagiert. Der Verband war voller gelblicher Flecken und es roch bestialisch nach Eiter.

„Grundgütiger", flüsterte Angelos.

„Nix mehr mit Surferboy", sagte Stefanos leise.

Angelos erschrak. Er hatte nicht bemerkt, dass Stefanos aufgewacht war.

„Du sagst jetzt erstmal nichts. Einfach nur zuhören", sagte Angelos.

„Ich kann dich nur um Verzeihung bitten."

„Du brauchst nicht …"

Angelos hielt Stefanos den Mund zu.

„Was ich an jenem Nachmittag getan habe, ist unverzeihlich. Ich war so wütend, wie noch nie in meinem Leben. Ich dachte, du wolltest

Daniel umbringen. Ich wusste nicht ... Die Audiodatei habe ich erst gestern angehört. Das ist aber keine Entschuldigung für Beirut, nur: ich konnte dich nicht einfach davonkommen lassen. Ich konnte dich aber auch nicht für zwanzig Jahre ins Gefängnis sperren. Irgendeine Strafe musste sein. Ich dachte, zwei Jahre in Beirut und dann hättest du eine zweite Chance. Ich wusste nichts von Bengasi – dennoch bin ich mitverantwortlich. Jetzt darfst du etwas sagen", meinte Angelos und grinste. Stefanos lächelte.

„Es gibt nichts zu verzeihen. Jener Nachmittag ... ich habe deine Wut verstanden. Und Beirut? Nun, irgendeine Strafe hatte ich verdient. Aber nicht den Foltertod in Bengasi. Nur: wie hättest du ahnen können, dass ich nach Libyen verkauft wurde. Nicht mal Abu wusste das. Also mach dir keine Vorwürfe. Weißt du, wie ich Bengasi überlebt habe? Ich habe jeden Tag an dich gedacht und dass ich dich wiedersehen will. Da war und ist kein Groll."

Angelos drückte Stefanos´ Hand.

„Ich sehe nicht gerade gut aus. Was passiert mit mir?"

„Du kommst in eine Klinik nach Tel Aviv. Dort wirst du operiert. Es werden mehrere OPs und es wird dauern. Der Rektalbereich ist komplett zerrissen. Die Wahrheit ist: ob sie alles wiederherstellen können, ist ungewiss. Beim Bein ebenso."

Stefanos rollten die Tränen über die Wangen.

„Und Sex bleibt die nächsten Monate
gestrichen", sagte Angelos.
„Und nach der Klinik?"
„Solltest du dir einen Ort zum Leben suchen.
Dafür liegen zwei Millionen Euro auf einem
Konto in Dubai."
„W-woher?"
„Spielt keine Rolle. Allerdings hat sich der Plan
geändert. Sobald du aus der Klinik draußen bist
– und zwar egal, in welchem Zustand -, nehme
ich dich mit nach Mykonos."
Stefanos riss die Augen weit auf.
„Ich verstehe nicht ganz …"
Angelos lachte.
„Welchen Spitznamen soll ich dir geben?
Stefanos und Surferboy sind zu lang. Süßer zu
abgedroschen. Wie wäre Stef?"
Stefanos begriff gar nichts mehr.
„I-ich … warum Spitzname?"
„Weil man für seinen Partner einen Spitznamen
braucht. Bei mir heißt es meist Großer, Schöner
.. halt: mein erster Mann nannte mich immer
kleiner Pfirsich, weil er meinte, ich röche nach
Pfirsich .. ich hätte ihn umbringen können."
Stefanos hob die Hand.
„Hast du gerade Partner gesagt??"
„Klar und deutlich. Es ist einfach so: ich liebe
dich. Und mir ist es egal, in welchem Zustand du
aus dem Krankenhaus kommst. So viel zum
Thema, ich würde mit dem Schwanz denken!"
Stefanos weinte und lächelte zugleich.
„Es ist schon vor unserer Vollmondnacht

passiert. Nur wusste ich nicht, was es ist. Ich war noch nie so verliebt. Meinen ersten Mann, Alex, habe ich wirklich geliebt, aber das ist über die Zeit gewachsen. Richtig verliebt, die berühmten Schmetterlinge im Bauch – das kannte ich bisher nicht. Deswegen bin ich mich sicher, dass es das Richtige ist!"

„Du bist dir absolut sicher? Ich meine, du weißt, was die Leute …"
„Gut. Partner, Lebensgefährte oder fester Freund klingen ziemlich bescheuert. Für mich bist du mein Ehemann und so werde ich dich auch vorstellen. Ich werde in das Krankenhaus hineinspazieren und sagen, dass ich meinen Ehemann besuchen will. Und wenn einer blöd schaut und denkt/sagt, dass ich dein Vater sein könnte – werde ich lächeln und sagen: das kann gar nicht sein, denn er sieht viel besser aus als ich!"
„Das wäre gelogen. I-ich meine, du bist Angelos Nikakis, der feuchte Traum aller schwulen Männer auf der Insel, also … Sag mal, du bist dir sicher, dass ich kein Morphium bekommen habe und ich das alles nur träume?"
Angelos lachte.
„Das testen wir jetzt. Wenn du meine Zunge im Mund spürst, kannst du das Morphium streichen", sagte Angelos und beugte sich über Stefanos´ Gesicht.

„Da wäre noch etwas. Was ich dir sagen muss",

180

meinte Stefanos.

„Nur zu. Letzter Moment für Beichten",
antwortete Angelos.

„Wegen dem, was mir mein Vater und mein
Onkel angetan haben – nun ja, ich habe
manchmal heftige Alpträume, schlage um
mich und …

Angelos lächelte.

„Mir ist das Gleiche passiert wie dir …"

„Auch die Familie?"

„Nein. Schlimmer. Mein damaliger Partner. Er
hat drei seiner Kumpels zu einer Vergewalti-
gungsfeier eingeladen. Sie haben mich zuerst
verprügelt, dann ans Bett gefesselt und mich
drei Stunden vergewaltigt und gefoltert. Ich
wäre fast verblutet – und die Erinnerung daran
hat mich fast umgebracht.

Das ist jetzt acht Jahre her. Mein erster Mann,
Alex, hat mich kuriert. Er hat die Alpträume
ertragen und mich gelehrt, Menschen wieder
zu vertrauen. Und nebenbei hat er drei der
Vergewaltiger ermordet – dabei war er auch
Kommissar wie ich", sagte Angelos.

„Dann hat er dich sehr geliebt. Ü-über den Rest
… bin ich … entsetzt. Ich werde alles tun, um dir
ein ebenso guter Partner zu werden wie Alex.
Wir können uns gegenseitig helfen. Was glaubst
du, würde Alex über das sagen, was du
vorhast?"

„Er würde lachen und dann sagen: endlich
traust du dich, etwas Mutiges zu tun! Ich weiß
nicht, ob du das verstehst. Ich …"

„Du tust endlich etwas Aktives. Bisher sind die Dinge schlicht passiert, durch Umstände, aber auch, weil Menschen dich gedrängt haben." Angelos grinste.

„Mein kluger 17-jähriger. Seit ich dich kenne, bin ich morgens gut gelaunt! Erschreckend. Ich habe nur vor mich hingelebt. Es war bequem. Und jetzt mache ich, machen wir, etwas Neues, Mutiges!"

„Würdest du dich neben mich legen?", fragte Stefanos.

„Klar. Aber denk an das Sexverbot. Im Übrigen ist bei dir alles unter Verbänden verpackt", sagte Angelos.

„Was nicht heißt, dass ich mich nicht um *dich* kümmern kann", antwortete Stefanos, „Yolo".

demnächst

Mykonos-DJ

Dieses Mal taucht Kommissar Angelos Nikakis tief in die Partyszene auf Mykonos ein – auch dank seines neuen, 17-jährigen Partners Stefanos. Seine durchzechten Nächte helfen ihm, als der bekannteste DJ der Insel, DJ Dim-Gio, tot aufgefunden wird – die Szene ist ihm nicht mehr so fremd wie vorher. Was der Kommissar nicht wusste: was nach Spaß aussieht, ist in Wirklichkeit ein Krieg zwischen DJs, den Inhabern der Beachclubs und manchen Gästen.

Bisher erschienen auf Deutsch:

Paul Katsitis – Blutiges Mykonos - 34

Unterhalb der Klippen nahe dem Leuchtturm von Mykonos liegt eine Leiche auf den Felsen.
Der vermeintliche Selbstmord entpuppt sich bald als Mord. Das Opfer ist einer der reichsten Männer auf der Kykladeninsel: Christos Tanos.
Kommissar Angelos Nikakis verheddert sich in den Fallstricken der Intrigen innerhalb der reichen Familie. Als sein Hauptverdächtiger ebenfalls ermordet wird, steht der Kommissar mit leeren Händen da. Wer ist Mister X, der Doppelmörder?
Und Angelos Nikakis hat noch ein weiteres Problem: er verliebt sich, ausgerechnet in Stefanos Tanos, den Haupterben des ersten Opfers. Und der ist erst siebzehn.

Paul Katsitis/ Danny Silva – Mykonos-Saga -33

Nikos Sahas ist der reichste Mann auf Mykonos. Sein Imperium umfasst sieben der teuersten Hotels, die besten Bars und Beteiligungen an allen Reedereien, die Mykonos ansteuern.
Als er erfährt, dass er sterbenskrank ist, muss er sich mit etwas beschäftigen, was er nie wollte. Seinem Tod. Und dem Erbe.
Er hat einen Sohn. Zu seinem Leidwesen ist Christos schwul - für Nikos der schlimmste Schlag seines Lebens.

Dann wäre da noch Ariadne. Aber deren Interessen beschränken sich auf Kunst und Sex. Ariadnes Ehemann Leandros ist ein Widerling und Nikos´ zweiter Sohn Alexios ist der Partykönig.

Am liebsten wäre es Nikos, könnte er seine Putzhilfe Nina als Erbin einsetzen, aber das würde den Ruf der Familie beschädigen.

Mitten in seinem Gefühlschaos erfährt Nikos, dass sein Sohn Christos tot aufgefunden wurde und das unter seltsamen oder eher peinlichen Umständen. Gefahr droht von Sahas´ Todfeind: Kommissar Nikakis. Unter keinen Umständen darf das dunkle Geheimnis der Familie ans Licht kommen. Und dafür ist Nikos Sahas auch bereit zu töten – wie schon vor 50 Jahren.

Paul Katsitis/ Die Akte Satoshi Nakamoto -32

Die CEOs der größten Gaming-Konzerne treffen sich auf Mykonos – zu einer geheimen Konferenz zwecks Preisabsprachen. Eine der Firmen steht kurz vor dem Verkaufsstart eines neuen Spiels: „Mykomania". Vom Vertreiben der einheimischen Bevölkerung bis hin zum Kampf gegen Aliens am Strand von Paradise – alles wird Teil des Action-Games. Doch es ist viel mehr als ein Spiel, denn: man findet eine Schwerverletzte. Die geheimnisvolle Frau entpuppt sich als Satoshi Nakamoto, den Erfinder des Bitcoins – oder besser: Erfinderin. Spätestens nach der Ermordung Nakamuras weiß Kommissar Nikakis: es geht um etwas viel Größeres als nur ein Spiel.

Und Kommissar Nikakis stellt entsetzt fest: er selbst ist Teil dieses Spiels.

Paul Katsitis – Der Tod in Pink – 31

Endlich wieder ein unpolitischer Mord, ein normaler Mord, denkt Kommissar Nikakis. Das Opfer: ein 65-jähriger Biologie-Professor, bekannt als „Blumenpapst". Was wollte er hier? Mykonos ist alles andere als ein blühendes Paradies. Nach einem weiteren Mord an einem Blumenhändler liefert eine Museumsdirektorin den entscheidenden Hinweis: es geht um die „Rose von Mykonos" – eine der seltensten und damit wertvollsten Pflanzen der Welt. Noch schlimmer: für manche ist die Rose heilig. So heilig, dass man für sie tötet – und nicht nur einmal.

Paul Katsitis – Der Vampir von Mykonos 30

In einer Villa in Drafaki findet ein russischer Oligarch seine ermordete Tochter. Die Leiche ist vollkommen blutleer. Drei Tage wird ein weiteres Mädchen umgebracht, dieses Mal die Tochter eines saudi-schen Prinzen. Auch bei ihr wurde das gesamte Blut ausgelassen. Während die Medien schon vom „Vampir von Mykonos" sprechen, muss Kommissar Angelos Nikakis fast unlösbare Aufgaben erfüllen: den Täter rechtzeitig finden, den Killer stoppen, den die beiden Väter engagiert haben. Er glaubt an einen politischen Hintergrund, liegt aber falsch. Sein

Ehemann Daniel hingegen ahnt, dass das Motiv nur mit Mykonos zu tun hat.

Paul Katsitis – Der Strand der toten Köpfe 29

Am Paradise-Strand werden eines Morgens mehrere Köpfe angespült. Auch an den folgenden Tagen erschrecken Leichenteile die Urlauber. Die Presse nennt den Strandabschnitt bald den „Strand der toten Köpfe" und viele Touristen reisen ab. Kommissar Angelos Nikakis kämpft nicht nur um die Aufklärung der Todesfälle, sondern auch gegen die alte Legende von „Poseidons Kindern".

Paul Katsitis- Engel der Finsternis 28

Ausgerechnet auf Mykonos sollen Friedensverhandlungen zwischen Israelis und Palästinensern stattfinden. Ein logistischer Alptraum für Kommissar Angelos Nikakis. Die Bucht von Kalo Livadi scheint sich hervorragend dafür zu eignen. Leicht absperrbar, mit eigenen Piers und einem Heliport. Aber er macht sich keine Illusionen. Unangemeldete Gäste mit düsteren Absichten werden den Gipfel ebenfalls „besuchen".

Paul Katsitis – Goldrausch 27

Von wegen: der Wohlstand von Mykonos beruht auf dem Tourismus. Nein. Während auf den anderen Ägäis-Inseln gehungert wurde, genoss Mykonos durch seine Bergwerke eine Sonderstellung.

Zwar wurden die letzten Minen vor vierzig Jahren geschlossen, plötzlich aber werden zwei Geologen in einem Schacht tot aufgefunden. Und ein amerikanischer Konzern zeigt auffälliges Interesse an den Bergwerken. Ihr Gegner: Kommissar und Bürgermeister Angelos Nikakis. Als eine Freundin ermordet wird und sich herausstellt, dass die Firma dafür verantwortlich war, wird die Angelegenheit mehr als persönlich.

Paul Katsitis – Smyrna 26

Ein van Gogh, der 1922 in Smyrna verschwand, brachte keinem der Besitzer Glück. Alle seine Besitzer starben eines gewaltsamen Todes. Hundert Jahre später taucht das Gemälde auf Mykonos auf und bringt Kommissar Angelos Nikakis in Lebensgefahr.

Paul Katsitis – Schläfer 25

Kommissar Angelos Nikakis hat gleich zwei haarige Fälle zu lösen: in Saloniki explodiert eine Bombe und vor Mykonos werden auf einer Party-Yacht vier leblose Körper gefunden, allerdings ohne jegliche Verletzungen. Mysteriös – und nur langsam lassen sich die Fäden verbinden. Mit einer schlimmen Vermutung: Der Täter lebt seit Jahren auf der Insel. Ein Schläfer.

Paul Katsitis – Lebendig begraben 24

Ein Anrufer behauptet, unter einer frisch asphaltierten Straße auf Mykonos läge ein lebendig begrabener Mann. Kommissar Angelos Nikakis hat erst seine Zweifel – und scheut die Kosten. Als er sich doch dazu entschließt, die Straße aufreißen zu lassen, zeigt sich: in einer Kammer darunter liegt tatsächlich eine männliche Leiche. Damit nicht genug: im Magen des Toten findet sich ein USB-Stick.

Paul Katsitis – Sisa 23

Drogen und Mykonos ziehen sich wie Magnete gegenseitig an. Da der Effekt nicht zu stoppen ist, hat Kommissar Angelos Nikakis mit dem größten Drogenhändler der Ägäis, Abu Bakar, ein Abkommen getroffen: keine gestreckte Ware, begrenzte Menge, keine Lieferung an Jugendliche und keine Gewalt auf der Insel. Im Gegenzug drückt Angelos beide Augen zu, auch weil er die übliche Drogenpolitik für Heuchelei hält. Seit drei Jahren gab es keine Drogentoten mehr – der Deal funktioniert. Doch nun taucht ein neuer Player auf, der das Monopol mit Gewalt brechen will. Beim Angriff auf Abus Yacht wird diese zerstört und Abu schwer verletzt. Angelos hilft Abu, denn er will Ruhe auf Mykonos – doch die Rechnung bezahlt Angelos´ Ehemann Yariv.

Paul Katsitis – Pontifex 22

Das Oberhaupt der orthodoxen Kirche, Hieronymus, besucht Mykonos. Ein unangenehmer Termin für den schwulen und atheistischen Bürgermeister und Kommissar Angelos Nikakis.
Während des Besuchs wird der Staatssekretär des Metropoliten ermordet aufgefunden.
Hieronymus bittet Angelos um Hilfe, denn es geht nicht nur um einen Mord, sondern um die schiere Existenz der griechischen Kirche. Ein Pergament aus dem 4. Jahrhundert stellt deren Zukunft infrage.

Paul Katsitis – Yariv 21

Mykonos im Juni: gähnend leer, dank Corona. Nach der Öffnung der Insel ist es vorbei mit der Ruhe: im Haus eines hochrangigen Politikers wird eine tote Frau gefunden.
Und Kommissar Angelos Nikakis hat noch ein weiteres Problem: sein Kollege Yariv wird bei einem Einsatz in Athen schwer verletzt.

Paul Katsitis – Darknet 20

An der Uferpromenade mitten in Mykonos-Stadt wird die Leiche eines jungen Mädchens gefunden, das niemand kennt. Gefoltert und vergewaltigt.
Als ein zweites Opfer gefunden wird, vermutet Kommissar Angelos Nikakis, dass er es mit einem Pädophilenring zu tun haben könnte. Zusammen mit

seinem Athener Kollegen Yariv Markaris, einem Darknet-Spezialisten, nimmt er die Spur auf. Er stößt dabei auf Beteiligte, die aus den höchsten Kreisen in Athen stammen und die ihre eigene „Flüchtlingspolitik" verfolgen.

Paul Katsitis – Carneval 19

Carneval in Griechenland? Bestimmt nicht, denken viele. Von wegen: Rosenmontag ist einer der wichtigsten Feiertage. Doch auf Mykonos wird Carneval gestört: in der Nähe von Kalafati wird ein Motorradfahrer tot aufgefunden. Obwohl der Kopf abgetrennt wurde, gelingt es Kommissar Angelos Nikakis schnell, ihn zu identifizieren: das Opfer ist ein Emirati, Landsmann von Angelos´ Ehemann Khaled. Zufälle gibt es nicht, sagt Angelos immer – und leider behält er Recht.

Paul Katsitis – Tödliche Libido 18

Auf einem Kreuzfahrtschiff wird ein 19-jähriger Steward vermisst.
Kommissar Angelos Nikakis nimmt den Fall zunächst nicht ernst. ‚Der Junge macht sich auf Mykonos ein paar schöne Tage', denkt er. Und es gibt keine Leiche.

Doch er täuscht sich. Eines Abends besucht ihn der Premierminister, Antonis Migiakis, der mit Angelos befreundet ist und gesteht, dass der junge Pavlos sein heimlicher Liebhaber war.

Kurz darauf melden sich die Entführer – und die Forderungen haben es in sich. Angelos muss den Jungen finden, sonst ist Migiakis politisch erledigt. Und zur Lösung des Falls braucht er die Hilfe eines altbekannten Drogenbarons: Abu Bakar.

Paul Katsitis – Botschafter 17

Kommissar Angelos Nikakis und sein Partner Khaled retten ein Kind vor dem Ertrinken. Es ist zufällig der Sohn des israelischen Botschafters. Aus Dankbarkeit wird der Botschafter der Trauzeuge von Angelos und Khaled. Einen Tag später zerreißt eine Bombe dessen Wagen. Was zunächst nach einem Terrorakt aussieht, entpuppt sich als ein Geflecht aus Kunstdiebstahl, Verschwörung und Mord. Und Kommissar Nikakis muss tief in der Vergangenheit wühlen.

Paul Katsitis – Spione 16

Ein russischer Überläufer soll über Mykonos in den Westen geschleust werden. Auf der Kykladen-Insel soll er sich in einer der zahlreichen Schönheits-kliniken eine gesichtsveränderte Operation unterziehen. Kommissar Angelos Nikakis soll den Agenten während des Aufenthaltes schützen. Kein größeres Problem, denkt er. Bis plötzlich drei

Geheimdienste auf der Insel am Werke sind. Und sich letztlich Angelos´ Leben für immer verändert.

Paul Katsitis – Khaled 15

Eine Explosion auf Delos töten einen Archäologen. Das erste Rätsel für Kommissar und Bürgermeister Angelos Nikakis. Das zweite Rätsel hingegen – wen er denn nun liebt – löst sich: er trennt sich von Alex und zieht zu Kronprinz Khaled. Doch zwei Tage später wird dieser von einem Attentäter niedergeschossen.

Paul Katsitis – Trauma 14

Chefermittler und Bürgermeister Angelos Nikakis glaubt es zunächst nicht: auf der trockenen Insel Mykonos soll ein Golfplatz errichtet werden. Als Nikakis den Investor trifft, glaubt er ihn zu kennen. Bevor er sich erinnert, ereignen sich zwei Morde. Angelos´ Ehemann Alex findet währenddessen heraus, woher Angelos den Investor kennt.
Bald geschieht ein dritter Mord. Und der Täter ist Alex.

Paul Katsitis – Royals 1:

Zehn Seemeilen entfernt von Mykonos wird ein großes Gasfeld entdeckt. Bürgermeister und Kommissar Angelos Nikakis greift zu allen (auch illegalen) Tricks, um Bohrtürme in der Ägäis zu verhindern.

Als dann eine Prinzessin des Emirats Katar während eines Besuchs auf Mykonos entführt wird, scheint es zunächst nicht so, als würde ein Zusammenhang bestehen. Wenige Tage später ist die Prinzessin tot – und Angelos Nikakis sitzt im Gefängnis.

Paul Katsitis – Der Putsch 12

1967 putscht in Griechenland das Militär. Hellas und auch Mykonos ächzen unter der Diktatur.
52 Jahre später gibt es wieder einen Regierungswechsel in Athen. Doch die Ereignisse von damals werfen ihre späten Schatten.
Ein Flugzeugabsturz und Kommissar Angelos Nikakis sorgen dafür, dass es zu einem politischen Erdbeben kommt.

Paul Katsitis – Glut 11

Der Alptraum aller Chora-Bewohner wird wahr. Ein Großbrand wütet in den engen Gassen der Stadt. Eine knifflige Aufgabe nicht nur für die Feuerwehr, sondern auch für Kommissar und Bürgermeister Angelos Nikakis. Denn in einem Haus findet man eine Leiche. Ein Brandopfer, denken viele. Doch sie wurde erschossen. Drei weitere Morde und der Wiederaufbau lassen Angelos kaum Zeit Luft zu holen.

Paul Katsitis – Abseits 10

Im Stadion von Mykonos wird die Leiche eines Mannes gefunden. Da der Mann Fan von Olympiakos Piräus war, geraten alle Anhänger des Konkurrenzvereins Panathinaikos Athen in Verdacht. Die Indizien lassen zunächst keine andere These zu und der Hass zwischen beiden Lagern ist tatsächlich so groß, dass auch ein Mord im Bereich des Möglichen liegt.
Doch als Kommissar Angelos Nikakis in die Welt der Spielerscouts eintaucht, stellt er fest, dass es um ganz andere Dinge ging: um Menschenhandel, Pädophilie und natürlich eine Menge Geld!

Paul Katsitis – Sturm über Mykonos 9

Über Mykonos tobt der schwerste Sturm seit Jahren. Eine Fähre kentert. Angelos ist unter den Rettern, wird aber nach dem Einsatz selbst vermisst. Für zusätzliche Aufregung sorgen zwei Ölfässer, die an Land gespült werden. In ihnen liegen die zerstückelten Leichen von zwei griechischen Soldaten.

Paul Katsitis – Die Maske 8

Nach einem Banküberfall erschießt Alex einen der Räuber auf der Flucht. Da er ihn ohne Vorwarnung in den Rücken geschossen hat, steht er bald unter Anklage.

Im Schatten des Prozesses gelingt es einem neuen, besonders brutalen Drogenhändler, genannt „Máská", sein Netzwerk auszubauen. Und er zögert auch nicht, als sich ihm die Gelegenheit bietet, Kommissar a.D. Angelos Nikakis aus dem Weg zu räumen.

Paul Katsitis – Hass 7

Es ist ein besonderer Fall für die beiden Ermittler Alex und Angelos Nikakis. Die Leiche eines jungen Mannes wird in den Dünen gefunden. Am und im Körper des Toten findet sich die DNA von Angelos. Er wird verhaftet.

Paul Katsitis – Skalpell 6

Am Strand von Ornos wird eine Frauenleiche gefunden. Es ist die Tochter des Bürgermeisters. Der Leiche fehlen Nieren und Leber.
Doch es geht bei der Mordserie nicht nur um Organe, wie die beiden Ermittler Alexandros und Angelos Nikakis bald feststellen. Es existiert ein komplexes Netzwerk, das verschiedene kriminelle Felder abdeckt, und so mancher Inselbewohner ist darin verstrickt.

Paul Katsitis – Inzest 5

Ein Bräutigam, der sich am Tag der Hochzeit vom Balkon stürzt und eine Mädchenleiche in einer Wagenpresse. Zwei Fälle für die beiden Ex-

Kommissare Alex und Angelos Nikakis Zwei Fälle, die sich nach und nach aufeinander zu bewegen.

Paul Katsitis – Der-Drei-Sterne-Mord 4

Im besten Restaurant der Insel wird der Chefkoch, ehemals Leibkoch Gaddafis, mit durchschnittener Kehle aufgefunden. Ein schwieriger Fall für Alex und Angelos, zumal die eigene Familie mit beteiligt ist. Der Fall erfährt eine erstaunliche Wendung, als die beiden Ermittler erfahren, dass der britische Außenminister Mykonos besucht – auf dem Landsitz des griechischen Premierministers.

Paul Katsitis – Tattoo 3

Zwei Highlights stehen auf dem Programm des Wochenendes: ein hochdotiertes Beachvolleyball-Turnier und die Eröffnung der ersten Spielbank auf der Insel.
Nicht ins Programm passen zwei Tote: ein 19-jähriger Junge und einer der Beachvolleyballspieler. An dessen „natürlichem Tod" haben die Ermittler Alex und Angelos so ihre Zweifel.

Paul Katsitis – Rache 2

Im Kloster Ano Mera auf Mykonos wird ein Priester tot aufgefunden, dessen Leiche übel zugerichtet ist. Es sieht nach einem Rachemord aus – doch wofür?

Paul Katsitis – Die Bestie von Mykonos 1

Zwei Kriminalbeamte, Alexandros und Angelos,
quittieren den Dienst und eröffnen gemeinsam auf
Mykonos eine Bar. Nebenher betreiben sie eine
kleine Privat-Detektei. Da die Polizei chronisch
unterbesetzt ist, werden Alex und Angelos – wegen
ihrer Erfahrung - regelmäßig hinzugezogen.
Mykonos ist in Aufruhr. Offensichtlich foltert,
vergewaltigt und tötet ein Mann junge Touristen. Um
ihn zu stellen, bleibt nichts anderes übrig, als dass
Angelos den Lockvogel spielt – mit furchtbaren
Konsequenzen ...

Weitere Mykonos-
Bücher

Mykonos LOVE STORY
Von Michael Markaris

„Die Mykonos Love Story 1-11" von Michael Markaris.
Kommissar Pandis hat mit 53 sein Coming-Out und verliebt sich in den 29-jährigen Angelos.

Bisher erschienen:
Mykonos Love Story 1
Mykonos Love Story 2 – Das goldene Ei
Mykonos Love Story 3 – Morgenröte über Mykonos
Mykonos Love Story 4 - Mykonos Speed
Mykonos Love Story 5 – Rape-Vergewaltigung
Mykonos Love Story 6 – Der rosa Leopard
Mykonos Love Story 7 – Rückkehr der Leoparden
Mykonos Love Story 8 – Crash!
Mykonos Love Story 9 – Der tote Pelikan
Mykonos Love Story 10 – Photia-Feuer
Mykonos Love Story 11 – Der tote Archäologe